正能量 ● 美文馆

美文馆

没有一颗心会
因为追求梦想而受伤

MEIYOU YIKEXIN HUI
YINWEI ZHUIQIU MENGXIANG ER SHOUSHANG

心灵
正能量

主编 ◉ 王国军

郑州大学
出版社

图书在版编目(CIP)数据

没有一颗心会因为追求梦想而受伤/王国军主编 . —郑州:郑州
大学出版社,2015.2(2023.3 重印)
(正能量·美文馆)
ISBN 978-7-5645-2133-2

Ⅰ.①没⋯　Ⅱ.①王⋯　Ⅲ.①小小说-小说
集-中国-当代　Ⅳ.①I247.8

中国版本图书馆 CIP 数据核字（2015）第 043814 号

郑州大学出版社出版发行

郑州市大学路 40 号　　　　　　邮政编码:450052
出版人:孙保营　　　　　　　　发行部电话:0371-66658405
全国新华书店经销
三河市鑫鑫科达彩色印刷包装有限公司印制
开本:710 mm×1 010 mm　1/16
印张:13
字数:194 千字
版次:2015 年 2 月第 1 版　　　　印次:2023 年 3 月第 2 次印刷

书号:ISBN 978-7-5645-2133-2　　定价:42.00 元
本书如有印装质量问题,请向本社调换

编委名单

序

　　曾和一群朋友讨论过，什么样的生活是我们想要的。我想，这种生活，首先是自由的、快乐的，令人满意的，并且能通过自己的双手演绎得精彩无限。

　　也许每个人都希望自己是幸运的，做什么事情都一帆风顺，但命运这架天平的砝码，却永远掌握在自己的手里，想要多好的生活，就应该付出多大的努力。中间多艰难不要紧，只要肯努力，总会有一条路能走出精彩。

　　但很多时候，看到别人被鲜花和掌声簇拥，很多人并不去想那掌声和鲜花背后的汗水和泪水，却总是怨恨老天的不公，哀叹自己的怀才不遇。仔细想想，没有奋斗，哪来的成功？因此，不要羡慕别人的成功，不要埋怨自己付出了却没有收获，应该静下心来，想一想，你真的为你的梦想做到问心无愧了吗？

　　我们来看看这个奋斗的"奋"字吧，上下拆开，就是"一""人""田"三个字。你想想啊，一个人在一块很大的田地里劳作，能不辛苦吗？可是，也只有辛苦劳作，才会有收获，才会有成功。任何成功都不是平白无故而来的，不是躺在家里做白日梦就能得来的，必须"奋斗"才行。"奋"是一种态度、一种气魄、一种谋略，而"斗"却是实干，是争取。

　　当然，要想成功，也并不是仅靠奋斗就行的，还要善于把握机遇，人生总有很多偶然，每次偶然也都是一次机遇，只要抓住其中一次机会，坚持不懈，就能改变自己的命运。

　　编选"正能量·美文馆"丛书，是我们响应广大读者的阅读要求，新扩展的贴近生活、贴近心灵的系列图书，也是一套教你排除负面情绪，掌控正向能量的心灵之书。"正能量·美文馆"丛书共计十卷，精选《读者》《青年文摘》《格言》《知音》等知名杂志作家最温暖人心的心灵美文，作者涵盖朱成玉、王国军、刘清山、包利民、马浩、鲁先圣、孙道荣、清心、古保祥、崔修建、侯拥华、纪广洋、凉月满天、张军霞等人。

　　这些精选的美文内容生动、充实，或出自你我身边，或源自经典案例，或来自于内心深处的思想结晶，在这些文字中，你可以感悟青春，体验爱，领略成功的魅力……

编者

2014 年 8 月

目 录

第三辑

人生的舞台

第四辑

走过那条风雨兼程的路

第一辑

用纯净透明的眼睛看世界

如果你对着一杯水,发射"善良、感恩、神圣"等美好信息,水分子就会结晶成无比美丽的图形;而一旦把"怨恨、痛苦、焦躁、嫉妒、猜疑、怨恨"等不良信息投射到这杯水上面,水分子的结晶就会变得支离破碎、形态丑陋。人眼看人,佛眼看佛,用一双透明纯净的眼睛看世界,这个世界就会变得——而不是显得——更美好。

没有一颗心会因为追求梦想而受伤

五元胜过三百万

朱国勇

1916年，英国人发明了坦克。同年，9月15日，英国四十九辆马克Ⅰ型坦克投入了索姆河战役，立即显示了强大的战斗力。从此，坦克被誉为"陆战之王"。

1926年初，奉系军阀张作霖耗资三百万银圆，从法国人手中购入了六辆坦克。看着威风凛凛的坦克，张作霖得意不已。他觉得，统一中国的时候到了。也难怪张作霖得意，当时的中国军队使用的都是落后的步枪，跟坦克根本无法抗衡。

1926年8月，张作霖挥师南下，直逼北平。

驻守北平的，是冯玉祥的国民军。双方军队在居庸关一带拉开了阵势，战事一触即发。

冯玉祥忧心忡忡。8月4日，他乘车从北平赶往前线指挥部——南口镇。

然而，刚到南口镇东街头，就发生了一个小插曲。两个衣衫褴褛的黑瘦中年汉子，泣不成声地拦住了冯玉祥的汽车。卫兵轻喊了一声"大帅小心"，便举起了枪。冯玉祥拦住了卫兵——这两位不像刺客。几十年的风雨历练，冯玉祥对自己的直觉很自信。

汽车还没停稳，那两个中年汉子就"扑通"一声跪下了，哽咽地嚷着："长官啊，行行好吧。我女儿就快病死了，给两块大洋救命啊!"原来，这是一对兄弟，姓陈，是当地有名的猎户。陈老大终身未娶，陈老二的老婆去年生病去世了，留下一个女孩儿，十五岁——兄弟俩当命根子一样宠着。

冯玉祥跨步下了汽车,心中蓦然充满了一种悲悯。狼烟四起,到处都是难民啊。什么时候,老百姓才能过上安宁幸福的生活呢?

在路旁一座低矮黑暗的民房内,冯玉祥看到了那个生病昏迷的女孩子。挺好的一个女孩儿,穿着紫红的破棉袄,娟秀的五官,正发着高烧,脸蛋红通通的。

冯玉祥轻轻放下五块银圆:"快给孩子找医生吧,不能再耽搁了。"

两个中年汉子又"扑通"一声跪了下来:"长官啊,您留个姓名吧,来生我们做牛做马也要报答您!"

冯玉祥转身走了,这种凄楚的场面,看得久了,他担心自己的眼泪会流下来。

卫兵拉起了陈家兄弟,说:"这位是国民军的冯玉祥大帅。"

冯玉祥的汽车开出了老远。陈老二还在喃喃自语:"孩子她娘,我们遇贵人了。孩子有救了!是冯大帅,冯玉祥大帅……"

冯玉祥到了指挥部后,还是放心不下。那个女孩红通通的面庞始终在眼前闪现。他吩咐卫兵带着军医,去给小女孩看病。

8 月 7 日,战斗打响了。张作霖坦克的威力一下子就显露了出来。登山渡水,如履平地,而且枪炮不惧。尽管冯玉祥做了周密部署,国民军依然节节败退,损失惨重。短短三天,国民军就战死四千多人,丢失了建平、赤峰等广大地区。

8 月 11 日,张作霖发起了总攻,他要一举拿下居庸关。

张作霖指挥六辆坦克,排成一个方阵,发起了冲锋。大批士兵如蚂蚁一般,密密麻麻地跟在坦克身后。冯玉祥的国民军凭借山势险要,苦苦支撑,死战不退。

临近中午,一辆坦克冲到了国民军的阵地前,坦克上的机枪肆虐地喷吐着火舌。国民军的士兵一个接一个地倒下了。眼看阵地就要丢失,正在这危急时刻,山石后面突然跳出来一个人,是陈老大,只见他敏捷地跃下山石,几步跃到坦克侧翼,那是坦克火力的盲点。陈老大举起猎枪,"砰"的一声,

猎枪中的散弹四散溅出。有不少散弹窜进了坦克的瞭望孔。紧接着,那坦克摇头摆尾地乱窜了几步,就窝在那里不动了。

见这情景,冯玉祥的国民军爆发了一阵欢呼。这时,陈老二也从山石后面跳了出来,只见他手中抱着五六管猎枪。他一边把猎枪分发给士兵,一边说:"坦克的瞭望孔小,只有猎枪的散弹可以对付……"

接下来,战事发生了戏剧性的变化。张作霖的坦克肆无忌惮地冲在前面,把掩护坦克的士兵远远抛在身后。坦克只要一冲上来,陈老大、陈老二他们就蹿到坦克的火力盲点上,用猎枪朝着瞭望孔向坦克内部射击。不一会儿工夫,张作霖的六辆坦克,就报销了四辆。余下两辆一见情况不妙,掉头就跑。张作霖的军队兵败如山倒,冯玉祥的国民军乘胜追击,缴获大量军备,抓住许多战俘,取得了空前胜利。

就这样,张作霖耗资三百万银圆的六辆坦克,被几杆猎枪击败了。仅仅因为,冯玉祥付出五块大洋,救了一位少女。

战后,冯玉祥要嘉奖陈氏兄弟。陈家兄弟拒绝了:"大帅,您是我陈家的大恩人啊。我们兄弟就是拼了这两条老命,也值!哪能要奖赏?"

冯玉祥感慨不已,他没想到,自己一时无心的善举,竟然挽救了整个国民军,甚至可以说是改变了中国历史的走势。若是没有这几管猎枪,他真不敢想象,借着坦克,张作霖的东北军会不会一举打下北平,接着席卷全国。

在日记里,冯玉祥用八个字对这件事进行了总结:"岂惟人力,亦是天意!"

这就是号称"陆战之王"的坦克在中国大地上第一次亮相,它居然如此灰头灰脸地败在了几杆猎枪之下。

群雄逐鹿,得民心者得天下。一个心中有善的人,轻易,是不会败的!

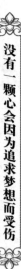

一寸一寸暖你

朱成玉

一

梅姨和父亲是大学同学,那时候就彼此喜欢,由于毕业分配回各自的家乡,无法在一起,只好忍痛分离。父亲很快成了家,没想到母亲在生我的时候因为难产而死。我恨我自己,总觉得是我夺走了母亲的生命,所以从懂事的时候起,每到母亲的忌日,我都偷偷在自己的胳膊上用烟头烫一个记号,以此来怀念未曾与我谋面的母亲。

直到梅姨的出现。

她一把抢过我手中的烟头:"年纪轻轻的孩子,怎么这么作践自己的身体啊?"

我狠狠地瞪了她一眼,甩下一句"用不着你管",迅速逃开了。

留下梅姨一个人在那里愣愣地站着,像被泼了一盆水然后扔进冷库速冻起来的鸡。

梅姨是来寻父亲的,她从大学同学的口中听说了父亲的不幸。她毅然决然地要和父亲在一起,父亲不肯接受。

"我带着个孩子,而你还是女儿身,对你太不公平了。"父亲说。

"我不管,我认准的事情就不会回头。毕业前的那次放弃已经令我深深地后悔了,这一次我不能再背叛自己的心。"梅姨坚定如铁。

"这么多年为什么不想着嫁人呢?"

"因为你,在我心里根深蒂固。"

梅姨说到做到,回到自己的家乡,和父母说了她的想法。父母打死也不同意她嫁给一个死了老婆的二婚男人。"要么祝福我,要么原谅我的不孝。"她甩下一句话,辞掉了一份很好的工作,离开家,义无反顾地来到了父亲身边。

他们对这份迟到的爱异常呵护,只有我,是他们一个无解的难题。

二

我不安心学习,到处惹是生非,父亲对我已经伤透了心,干脆对我抱着破罐子破摔的态度,愤怒的时候暴揍一顿,平时就把我晒在一边儿,任凭我自生自灭。这倒是我乐于得到的结果。由此我有了很大的自由空间,网吧、台吧、迪吧是我常常光顾的地方。

梅姨却不一样,她常常来干扰我的这份自由,一次次地把我从那些地方拽回家去,有一次在大街上我和她干脆吵了起来。

"你算我什么人啊,要你管我?"我叼着一根烟,吊儿郎当地问她。

"既然我和你爸爸在一起了,那么你心里清楚应该管我叫什么。我不奢望你叫,但这是不可更改的事实。我在一天,我就不想让你这样颓废一天,你看看你,哪里还有个孩子的模样?!"说着她就来夺我的烟,扔到地上,狠狠地踩灭,并不容分说地拽着我的胳膊,强行带我回家。我真是恨透了她。

梅姨和父亲建议,让我学些特长,比如绘画、钢琴什么的,她说这样能培养我的艺术气质,也能让我少去那些乱七八糟的地方。父亲对她言听计从,果然给我报了几个艺术班,还让她跟着我去,任凭她对我进行"残酷的改造"。

梅姨爱美,每每出门的时候,都要精心地化些淡妆。那一日,我又找到了恶作剧的目标。她有一个很精致的化妆盒,好像是她生日的时候父亲送的,她一直都很喜欢。我趁她不注意,偷偷地往里面灌了水,然后再放回去。

"天啊!"我听到了她的一声惊呼。我一边得意一边担心着,看来父亲的一顿暴打是在所难免了,不过看到她尴尬的样子,挨顿打也值了。

没想到居然没挨打——父亲问她怎么了，她竟然说只是在抽屉里看到了一只蟑螂。

我有些庆幸，心底却忽然柔软了一下，我偷偷地看了看她，不得不承认，梅姨是个美人，全身上下都透着一股妖娆的气息。其实任何时候，她都根本不用化妆的。

三

同学们背地里都说，梅姨是奔着父亲的钱财来的。父亲自己开着一家公司，效益很好，在我们当地也算是有些名气的民营企业家。不怪同学们这么想，我自己也是这么想的。

隔壁吴二婶就总是和我说："记着提醒着你爸爸，别让这个狐狸精把你们爷俩的财产都裹了去，那时候可够你们爷俩受的。"

我是讨厌这个吴二婶的，每天提着尿罐一样的臭嘴到处说人坏话，不过她说梅姨是狐狸精，我倒是不介意，大概是找到了一种同仇敌忾的感觉吧。

父亲真的破产了，不过不是被梅姨卷走了财产，而是因为经营不善倒闭的。为了还银行的贷款，父亲把车和房子都卖掉了，我们过上了穷人的日子。

我觉得这一切都是梅姨带来的，她只会给我们带来厄运。从此，我对她更是恨之入骨。

父亲放下架子，从头开始做起了小买卖。他租了一间不大的店面，和梅姨一起卖早餐。

梅姨不穿高跟鞋了，也不化妆了。她穿着白大褂，和父亲一起炸油条，一起吆喝，日子虽然清苦，但看不出她有一丝悲伤的情绪。

她本就不是奔着父亲的财产来的。由此，我更加厌恶隔壁的吴二婶，见到她就像见到苍蝇一般，恨不得一苍蝇拍把她拍成碎末。

梅姨怀孕了，父亲每天喜笑颜开，对她呵护有加。

有一天，在她对我进行了一番殷勤的表白之后，我故意呛她："你口口声声说爱我,那你证明给我看啊,我可不想要什么弟弟和妹妹。"说完还故意鄙夷地望了望她的肚子。

她的脸立时不停地变换着颜色,一会儿像猪肝儿,一会儿像猪肚儿,我知道她被呛得很尴尬,心中暗自得意。

四

梅姨每天都要帮着父亲做着小买卖,没空来管我了,我又像以前那个天马行空的独行侠一样,天高任鸟飞。

现在,我已经不再满足于只是去那些地方玩儿了,而是开始着迷于打架斗殴,因为每一次打架胜利了都会带给我一份荣耀感,就会有更多的同学"敬畏"我。尤其是一些女生,当她们被校外的小混混们欺负的时候,我更喜欢替她们出头。

胳膊上那几个触目惊心的疤痕,俨然成了我的勋章。

校长好几次要开除我,都是梅姨去和校长赔不是,苦苦哀求才得以让我继续在学校待下去。

终于有一次,因为失手,我把一个小混混打伤,被判劳动教养一年。

我是打死都不知悔改的人,就算到了劳教所里,我也是有名的"刺儿头",总是不断惹祸。

每个探监的日子,梅姨都会来,可是每次我都不愿见她,就算见,也是背对着她。她对我说,不管我做什么,我都是她的儿子。一次次的感化,终于让我坚硬的心有了一丝柔软。

她为我买了去疤灵,她挽起我的袖子,轻轻地将它涂抹到那些伤疤上,这一次我没有挣脱。"孩子,这不怨你。每个人都有自己的命运,你的母亲用她的生命换来了你的生命,你就更应该好好珍惜。其实母亲并没走远,每天都会在天上看着你,她可不想你是这个样子的啊。"

去疤灵凉丝丝的,而我感觉到一种暖流,迅速传遍全身。我以为那些伤

疤已变成了死痂,再没有了疼或痒的感觉,其实我错了,那只是表层,表层下面,皮肤如新。

梅姨很自责,对我说,都是她不好,对我的教育抓得不够,对我的爱不够。"孩子,希望你能早点转过身来,那边太冷。"临走的时候,她说。

又一次探监的时候,父亲是自己来的。不知道为什么,我竟然有了一点点失望。父亲说,梅姨病了,在家休息呢,她准备把孩子打掉,她说她想好了,她只想认我这一个儿子。

我愣住了,像被泼了一盆水然后扔进冷库速冻起来的鸡。

父亲塞给我一个小纸条,我认得是梅姨的字迹,上面只有一句话:

"宝贝,待你转身,我将化作阳光,一寸一寸暖你。"

我转过身来,发现这边的阳光真的很暖很暖,真的一寸一寸地将我冰冷的身体暖过来。我真后悔,为什么这么久,一直都要背过身去。

梅姨就像悬崖底下那些藤一样,张着温暖的触手,环抱着我,一寸一寸地向上攀爬,带我慢慢离开阴冷不见天日的谷底。

我对父亲说:"告诉梅姨,如果她肚子里的弟弟或者妹妹不见了,我就永远不会转过身来。"

从此以后,我完全变了一个样儿,一边劳动改造,一边抓紧一切时间学习,我要把我落下的那些美好都补回来。每天,我都会看一眼胳膊上的疤痕,它们变淡了许多,我知道,总有一天,它们会完全消失。

由于表现良好,我被提前两个月解除劳教。出狱那天,父亲和梅姨在门口接我。看到他们在烈日下满头汗水,只为我出来第一眼就能看到亲人,而不肯去那有阴凉的地方等,我再也忍不住,汹涌的泪水终于决堤而出。

"妈!"

这一声"妈"喊出来,我竟没有一丝别扭的感觉,很自然。我没有经过排练,没有经过预演,水到渠成地就把这幕亲情剧进行到了高潮。梅姨的眼泪唰一下就流出来,整个人呆愣在那里,脸上不停地变换着颜色,一会儿像斑斓的彩虹,一会儿像璀璨的桃花。

惭愧也是一种德行

凉月满天

"莎衫筠笠，正是村村农务急，绿水千畦，惭愧秧针出得齐。"卢炳的这半首《减字木兰花》翻成白话就是："青箬笠，绿蓑衣，挽着脚杆下田地，绿水千畦，哎呀，惭愧，碧洼清波秧针细。"本是活画出一片好光阴，可是奇怪，农人见禾苗整齐，正该喜悦，为什么要惭愧呢？

所以说他懂农人的心：撅腚向天，俯首向地，纷纷碎碎的汗珠子，这样拼死劳力赢得能预见年丰岁稔的好景致，却并不骄矜自喜，而最知惜福，好比是撒骰子，偶然撒出个好点子，便认作上天眷顾，于是觉得难得、侥幸、欣喜，于是"惭愧"。

《今生今世》里说"中国旧小说里英雄上阵得了胜或者箭中红心，每暗叫一声惭愧"，也是这个意思；又"元曲里谁人升了官或掘了宝藏，或巧遇匹配良缘，都说圣人可怜见或天可怜见"，也是觉得落在自己头上的是不期而至的好运气，需要祷天，需要祭地，需要平起心来称一声"惭愧"。

就连陆游都"行年九十未龙钟，惭愧天公久见容"，也并不把自己活到九十还耳聪目明当成自己会养生的结果，而是觉得己身无德，却劳天公格外偏爱，于是惭愧。

有惭愧心的人，每天总是问问自己："我做得好吗？我有没有对得起别人？"没有惭愧心的人，却是会根根怒眉如针，一声声质问别人："你做得好吗？你有没有对得起我？"佛家忌"妄执"，皆因"妄执"太盛，则天地间只有一个"我"字，"我"是最大的、最好的、最该得着的、最不该失去的，花也是我的，叶也是我的，世间金粉繁华都该归我，清风明月也不能白给了别人。有

惭愧心的人则如会使化骨绵掌的高人，把"妄执"一一化去，所以《遗教经》上又说："惭愧之服，无上庄严。"庄严就在于，有惭愧之心的人觉得，花本不属我我却得见，叶不属我我也得见，金粉繁华哪里该有我的份呢？惭愧，上天垂怜于我，我享受这些真是该惭愧的。

所以惭愧是自见其小、自见其俗、自见其弱、自见其短而自觉地叫红晕上了粉面。见高人圣者自然要叫惭愧；见乞丐行走路上而自己衣装鲜亮，也要暗叫一声惭愧，那意思未必一定是也要自己污服秽衣，不过是叫自己起惜福之心，知道悯恤他人：未必讨吃要饭的为人做人不如己，不过是天生际遇相异，所以万不可端起一个傲慢的架势，从鼻尖底下看人；见人做了侠义的事、仁慈的事，更要暗叫一声惭愧，因同样的事情当头，未必自己就能如人，或有心无力，或有力无心，都值得惭愧；即便如人一样做了，也要叫一声惭愧，因惭愧自己不能做更大更好的事，好比一块布由于幅面所限，不能绣一朵更大的牡丹；又或是因了幸运，自己竟能成了大事，那更是要叫一声惭愧，因必定是有上天眷顾，才能成器，这一声惭愧，是叫自己把头低下来，不可因之多加了傲慢、冷然、杀伐之气。

钱锺书替爱妻杨绛序《干校六记》，讲一般群众回忆时大约都得写"记愧"：或者惭愧自己是糊涂虫，一味随着大伙儿去糟蹋一些好人；或者惭愧自己是懦怯鬼，觉得这里面有冤屈，却没有胆气出头抗议。也有一种人，他们明知道这是一团乱蓬蓬的葛藤账，但依然充当旗手、鼓手、打手，去大判"葫芦案"。按道理说，这类人最应当"记愧"。不过，他们很可能既不记忆在心，也无愧怍于心。他们的忘记也许正由于他们感到惭愧，也许更由于他们不觉惭愧。

读章诒和的文章《谁把聂绀弩送进了监狱》，聂绀弩戴上"右派"帽子以后，被发配到北大荒劳动改造，于1960年冬季返回北京。然后便不断有人主动将他的一言一行、一举一动都"积极配合公安机关"告发检举上去。这些人都是他的密友，自费钱钞，请聂喝酒畅谈，然后将他的言行"尽最大真实地记录"下来；又有他赠友人的诗，也被"友人"将里面的"反意"都抠出来，于是他便被抓,被关,被整,挨苦受罪。聂绀弩去世后,出卖他的人写怀念文章,那里面没有一点歉意。这些人未必不懂惭愧,不过却是着实害怕惭愧,所以尽量不去惭愧。

惭愧,我不如他。

惭愧,竟见垂怜。

惭愧,当做之事未做。

惭愧,分外的福分竟得。

一切都值得惭愧。贾母祷天,未必不是因知惭愧而惜福。她虽待见凤姐,凤姐却是一个不知惭愧的人。她受了大婆婆的气也会羞得脸紫胀而气恨难填,又因从她房里抄出高利贷的债券连累家运而羞愤欲死,却不会因贪酷致人死而惭愧,所以她是无本的花、无根的叶,又如剁了尾巴当街跳踉的猴,虽是热闹,后事终难继。

一本书里解汉字"惭愧",说它是"心鬼为愧,心中有鬼也。斩心为惭,斩除心中之鬼,是为惭愧。人若知惭愧,常斩心中鬼,则鬼无处藏无处生。心中无鬼则问心无愧!"真是饭可以乱吃,话不敢乱讲,敢说自己问心无愧的,倒多半是大话,真值得惭愧。

惭愧是一种德行,好比一丝阴影,旷野骄阳下行路的一蓬花叶,直待我们"亭前垂柳,珍重待春风";也是藏起来的暗器,再躲也没用,不定什么地方和什么时刻,以什么方式,我们就会和它来一个猛烈的不期而遇——一箭穿心。

最美的拥抱

包利民

当我遇到那个孩子的时候，丁香花正开得一片深情，初夏的阳光暖暖地照在大院里。面对我的到来，她表现出一种冷漠，只是在用心地画着国画，偶尔抬一下头，也是略带着敌意的目光。她长得很白，眼眸中泛着淡淡的黄色，一个很漂亮的小女孩，让人有一种想拥抱她的冲动。

我并没有在意她的冷淡，我知道十三四岁的孩子对陌生人都有着一种本能的排斥，更何况她生长在这样一个大大的院子里。

她叫邓晓沫，她生活的这个大院，是孤儿院。这里生活着那么多大大小小的孩子，都和她有着相近的神情。那些长得好看些的，大多被人领养走了，只是晓沫，虽然很美，却没有人领养她。我想，以她表现出来的个性，就算有人想领她，她也会拒绝。我是来采访她的，她的国画在省内获了奖，想到她的身世、她的处境，觉得应该有着不为人知的努力与艰难，所以便想把她的故事讲给更多人，于是便来造访。

晓沫不理我，我也没有打扰她，只是耐心地看着她完成了一幅《丁香滴雨图》。是的，单是她作画的样子，就足以震撼人心了。然后她便抬起大大的眼睛看着我，还是无语，我亦沉默，良久，我轻叹一声，转身离去。忽然听得她低声问："你的名字?"我微笑着告诉了她，然后走进五月的阳光。

其实我还是多多少少听到过一些关于邓晓沫的事。她出生便被遗弃，在孤儿院里艰难地生活，这里所说的艰难，并不是条件上的，而是她心灵上的沉重。她挣扎着上学，跟跄着生活，仿佛身前身后都是寂寞的陷阱。她很少与人交往，性格怪异，与别人总是格格不入，几乎没有朋友，无论生活还是

学习,她都有着别人所不知道的艰辛。她酷爱国画,自学,省出钱来买书,每天的练习、每一个脚窝里都盛满着汗水。

又一个周末,我还是来到了孤儿院,晓沫依然在画画。我站在一旁看,她在临一幅《东山草堂图》,似是已画了很多时日,就要完成了。她仍是偶尔抬头看我,目光中的戒意少了些许,我仍是不敢出言打扰。只是在不引起她厌恶的基础上,动手帮着小忙。看她竣工,我离开,外面的阳光仍是柔柔洒洒。

再次去,已是半个月后。晓沫还在画画,似乎她的生活就是如此,画笔下绽放美丽,心境却单调无比。这次她抬头看了我许久,幽深的眸子中辨不出任何情感上的波动,却再没有了敌意。依然是她完成,我告别。还没走出门口,她叫住我,说:"床头上的画,给你!"有些诧异,取来,知是那幅《东山草堂图》,已经裱好,心中有了暖意,道了谢,离开。一脚刚踏出房门,她的声音从背后传来:"你的书!"我回身笑,点头。

挑了本自认为最好的集子,送给晓沫,第一次看到她笑。虽然只是一瞬间,却如风展水面,又似忽然花开,给人以心灵上的温暖与莫名的感动。她说:"你别谢我,我也不谢你,咱们是交换的!"这个孩子,就是这样的个性。

就这样渐渐熟悉,慢慢地接近着她一直紧闭的心扉。她不像别的孩子一样叫我"叔叔",只是叫"你"。有一次,闲聊,问起她名字的含义,她微蹙眉:"我也不知是谁给我起的名,让我想起《海的女儿》,晓沫,清晨的大海上,破灭的泡沫。"她的眉宇间闪过淡淡的忧伤,我竟是无言以对,良久,我问:"我可以抱你吗?"她一笑,摇头:"不行。你知道吗?有很多人想拥抱我,我都拒绝了,你也不行的!"

我知道,要把她带出封闭的空间,还需要很多的时间。我有时会同她出去散步,看江风逐浪,看柳絮扑天,或者带她一起去采访,走进一个个别人的故事,起初的时候,她不是很愿意,可是并没有拒绝,渐渐地,她也似隐隐有了期待。甚至有一次,我还带她参加了同城的一次文友聚会,她居然还一反常态地唱了首歌,孟庭苇的《无声的雨》:"站在摩天大楼的顶上/隔着静静玻

璃窗/外面下着雨却没声没响/经过多少孤单/从不要你陪伴/谁相信我也那么勇敢……"这也许是她第一次吐露心声,在这么多人面前,我竟听湿了自己的眼睛。

那个晚上,在送晓沫回去的路上,她一直没有说话。在孤儿院门前告别时,她忽然抬起脸来看我,眸子中映着美丽的星光月色,她说:"你,可以抱我吗?"我轻轻地拥住她,一如拥着一颗冷而易碎的心。好久,她才低声说了谢谢,脸上有着两行泪痕。她任那泪痕在脸上蜿蜒如两条亮亮的溪流,注视着我,问:"我可以抱你吗?"

我眼睛一热,重重地点头,用双臂轻轻地将她抱起。她的双腿抬起,揽在我的腰上。天上一轮澄黄明亮的月,我终于落下泪来。她放下腿,走进院子里,不去看我流泪的眼。

我一直知道,她拒绝着别人的拥抱,是因为她无法给别人以同样的拥抱。我也知道,她的不幸、她的艰难、她的孤独,都来源于此,因为,她没有双臂!我更知道,从今夜起,她将会改变,迎接着她的,是汹涌而来的所有美丽日子。就如在清晨中泡沫破灭的大海上,在蓝天里,那些飞翔着的美丽天使,生活正在绽放。

智者的秋天

程应峰

　　在十六潭行走，一路的郁郁葱葱，给人的感觉还是夏天的模样。蓦然间，一棵树撞入眼帘。这棵树，通身没有几片招摇的叶子，地上倒是铺了一地枯黄。恰在这时候，耳畔传来一阵清脆的鸟鸣，顺着声音望去，一只小鸟高高地歇在树梢，对着日落的方位自由自在地鸣唱。它的鸣唱，带着生命的弹性和张力，直入心底，让人不由自主就和出几声响亮的口哨来。

　　鸟有鸟的心事，树有树的氛围。我想，这种状况在季节轮回中是可以感受得到的。一地枯黄，那就是秋天的意象。秋风中摇曳着秋叶，三三两两随风飘落下来，不再灿烂，不再具有生命的弹性和活力，它们是如此疲惫，如此脆弱，如此忧伤。它们悄无声息地碎裂在路人的脚下，碎裂在季节的过往里。

　　是的，入秋了。智者眼里，秋天是智慧的，它的耐人寻味、它的不同凡响、它的旷达透彻、它的洒脱淡然，以怎样的笔墨和言语才能描绘？秋天的场景，无须渲染，便可以顺理成章地，让所有华丽的辞藻变得迟钝苍白。

　　秋高气爽，淡淡的秋云，飘荡于瓦蓝瓦蓝的天空，那一份闲闲的韵、那一份软软的质、那一份悠悠的境，如远离尘世的梦幻，对凡俗的悲欢扰攘，不再牵念，不再沉醉。置身旷野，放眼望去，一片一片被秋色浸渍的土地，稻浪起伏，浪花般涌入视野，又潮水般往身后退去。阳光耀眼的白，这白，闭着眼睛也扑棱着翅翼，飞翔在村野丰实的想象里。

　　秋风徐来，掠过岁月枝头，以凉爽的质地，涤荡着过往，清扫着悲欢，洞开收获者内心的隐秘。一片落叶在秋风中旋转，秋雨便应约而来，斜斜地，扑打着窗棂,唤醒了爱的感觉知觉,也唤醒了沉睡在心底的愁绪。在秋风的追逐下,金色的秋天,原本是一袭轻纱般的美梦,在有情人心头飘逸。一叶落知天下秋,日转星移般的自然物象,总是永不懈怠地见证着尘世的兴衰悲喜。秋天给人的感觉是悲戚的:见秋霜而悲白发,见残红而泪红颜,见归鸿而思故旧,见寒蝉而叹余生,见秋风秋雨而结愁肠。"袅袅兮秋风,洞庭波兮木叶下。"屈原如是说。"悲哉,秋之为气也!萧瑟兮草木摇落而变衰。"宋玉如是叹。"秋风萧瑟天气凉,草木摇落露为霜。"曹丕如是想。

秋水永远是纯净的、明澈的,如女人温情脉脉的眼波,就算是山石上偶尔撞出的一朵小浪花,也可以在刹那之间,将秋凉卷入心里。拥有这样一份纯净明澈,拥有这样一份沁凉心境,尘世间的一切追逐,只能黯然淡去。

秋林一点一滴地妖娆起来。秋林的色泽,起始于浪漫秀逸,黄的黄得彻底,红的红得透明,绿的绿得苍郁,这分明是一个色彩错杂、光影幻动的世界。浸润在秋色里的树叶,如汇聚在交响乐中的音符,个个活蹦乱跳、炽烈、喧闹、雀跃,它们以走向迟暮的鲜艳,在俗世繁华里从容来去。鲜活的生命,在这个季节,唱出了它全部的美丽。正如林语堂所言:"人生世上如岁月之有四时,必须要经过这纯熟时期,如女人发育健全遭遇安顺的,亦必有一时徐娘半老的风韵,为二八佳人所绝不可及。"邓肯也说:"秋天的景色,更华丽,更恢奇,秋天的快乐,有万倍的雄壮,惊奇,都丽。"是的,大凡识秋识趣之人,置身秋天,一定可以领略人生的绮美绚丽。

路上,结伴的行人,他们看得清叶子的飘零,却听不到叶子的哭泣。私语之时,他们总是愉快地说:"叶落了,秋深了,天气就要凉爽起来了。"一路走来,他们大抵都是穿越了几十个春秋的,经历了,彻悟了,怎能没有平和、安详、处变不惊的心境?

也有感伤的女孩,静处一处,听着落叶般的低语,想着诗行中的情景,顾盼着那份生命中的美丽:"不要远远地,站在那里,望我成美丽的飘落;不要令我失望,不要让我一生的翘盼,没有结果。亲爱的,走近些,不要视我如同陌路,这最后的一刻,多想拥有你,哪怕,碰碰你的衣襟头发。如果你不经

意,踩我于脚下,让我裂成美丽的碎片,这也算我的福分,哪怕这一生,只有这么一次,被你亲近过。如果,你无意中,擦一根火柴点燃我,让我燃烧的火焰,跳起欢快的舞蹈,那便是我平生最惬意快慰的时候。"

　　黄昏星在远天孤独地闪烁,色彩斑斓的秋天融合在霓虹灯影之中。广场上,迟暮的美人跳着秋天的舞蹈,那无与伦比的诱惑深深嵌入了秋天的背景里。这是秋天的哲学,以鲜活的姿影、动态的美丽述说着人生经历中的苦难和沧桑。与春天的媚艳相比,秋天是肃穆的;与夏天的繁茂相比,秋天是简约的;与冬天的空灵相比,秋天是宽厚的。"行至水穷处,坐看云起时"这份刻骨铭心的感悟,何尝不是对秋天深入浅出的描绘。秋天的境界是如此深远,秋天的意蕴是如此深刻,秋天哦秋天,在世事轮回中,就算以树叶飘零的姿态,也要孕育出新一轮的成熟、圆满、丰富、美丽。秋天属于智者,智者的秋天,不为秋光左右,不为秋色困厄,它是画中的枫红,一不经心,就点燃了思念的火炬;它是彼岸的鸥鹭,远远的,闲闲的,永远停泊在智者心底。

爱是一颗幸福的子弹

积雪草

一

三年前,江锦辉去人才交流中心替公司招聘,遇到了苏宁。像他们这样的德资公司,很受年轻女孩的青睐,应聘者众,少说也有上百人。在众多女孩子中,江锦辉选择了刚刚毕业看上去还有些青涩的苏宁,他也很奇怪自己为什么会选她,她没有工作经验,也不是那种很惹眼很漂亮的女孩子。

彼时的苏宁,忧伤、安静,看人时的目光带着微微的凉,像一条静静流淌的小河,纵有激流,也不会翻起浪花;亦像一幅纯美的水墨山水画,清冷、孤寂,永远没有油画的浓墨重彩。

江锦辉看着苏宁,忽然生出一种疼惜怜爱的感觉,说不出是为什么。苏宁梳短发,穿吊带小衫和有很多口袋的宽脚裤,目光纯净,有一口如贝壳一样排列整齐的齿,笑的时候,露出两颗小虎牙。

江锦辉用手指叩击着桌子,问她:"有男朋友吗?"苏宁咧开嘴笑了,狡猾地反问:"这个问题必须回答吗?"江锦辉心虚地摇了摇头。

从苏宁进了公司,江锦辉的身后,便多出一条小尾巴,他走到哪儿,她跟到哪儿。吃饭、派对、约见客户,她都跟在他的身后,甚至他跟女朋友约会,她也跟去做电灯泡,害得他女朋友跟他说拜拜。苏宁安慰他:"别难过,我再帮你找个好的,你以前那个女朋友,散了也好,我最看不惯她,把脚指甲染成黑紫色,像中剧毒时的症状,而且没有爱心……"

江锦辉打断她："也不用你帮我介绍什么好的了,还是你以身相许吧!我不介意吃点亏,将就你。"

苏宁笑得止不住："去你的,我才不跟你这样的花心大萝卜在一起呢。"说着用身上背的长肩带的小包丢他,咯咯地笑着跑开。

他看着她的背影发了半天呆。

二

说归说,疯归疯,江锦辉身边的女朋友换了一个又一个,却从来不见苏宁的身边有男孩子追她,刚有男人对她表示好感,她就用冷漠和傲慢把人家打回原形,胆小一点的男孩根本不敢靠近她。

江锦辉劝她："拜托你别像个男人婆似的,每天都穿着那条草绿的破裤子,把男人都吓跑了。没事儿多去逛逛街,买几条漂亮点的裙子,把自己打扮得像花朵一样,才会有帅哥追你。"苏宁从不穿裙子,至少在江锦辉的印象里,回忆不出她穿裙子的模样。

她忽然不笑了,皱着眉说："算了吧,我有你就足够了!"

他不知道这话有多少玩笑的成分,依然以玩笑的口吻说："我们苏宁不会这么惨吧?要不要我帮你介绍个男朋友?"她就一脸认真地说："那你帮我登个征婚广告吧,至少要有比尔·盖次那样的智商,李嘉诚那样的财富,梁朝伟那样的眼神,才能打动我。"江锦辉做晕倒状："天,苏宁,没有发烧吧?怎么开始说胡话了?刚想跟你说,我们邻居新搬来一个小伙子,人很优秀,算了,还是别说了,免得被你吓跑了。"

江锦辉和苏宁成了无话不说的朋友,他曾经试图跨越朋友那道界线,再进一步,可是她装痴装憨,根本不给他机会。

苏宁有事,依旧会请他帮忙,他也很乐意帮她的忙。比如水龙头坏了,比如换灯泡什么的,比如公司年底举行的舞会,她仍然请他当她的舞伴,只是抱着穿了大肥裤子的苏宁,混在一堆穿曳地长裙的女人中间,他觉得滑稽、另类。

三

不过两三年的时间,苏宁就褪去了身上那股青涩的味道,她变得风情、妩媚、善解人意,再也不是以前那种小心翼翼很笨拙的样子,她变得像男人梦寐以求的那种理想中的女人,她像一棵开花的树,诱惑着身边的那些小蜜蜂,也诱惑着江锦辉。

她穿大红大绿,会穿出清新雅致的味道,不会让人感到恶俗,穿皮草也不会露出暴发户的粗劣,一大堆人之中她总会成为焦点,十个手指,染了绿色的蔻丹,竟然与她的个性配合得天衣无缝,恰到好处。

这么多年,她依旧没有穿过裙子,春夏秋冬,都是裤子,变换的不过是颜色和款式。

苏宁也很能干,在公司里的销售业绩总是位居榜首,她总有办法把东西卖给她想卖给的客户,她的优秀全公司有目共睹,当然追她的男人也很多,她的身后足有一个排,可是她一个都看不上。

暮秋,苏宁过生日,照旧只请了江锦辉一个人。她亲自下厨,手忙脚乱地为他做奶油烤大虾、黄油鸡卷、水果沙拉,还有复杂烦琐的比萨饼,江锦辉则带了红酒和鲜花。

渐渐地,就醉了,斯时斯刻,酒不醉人人自醉。都是成年人,又不傻,怎么会不知道彼此的爱慕,只是谁都不肯先捅破那层窗户纸。

苏宁起身放了一首慢曲,江锦辉趁机邀舞,两个人在暮色里,慢慢地舞,缠绵得令人窒息,空气里有了某种说不清的意味!时光不动声色地溜走,两个人挨得很近,听着彼此的呼吸,忽然就有些恍惚。

不知是谁先寻到了谁的唇,也不知是谁先吻了谁。甜蜜、忧伤,万劫不复!江锦辉抱着苏宁的小蛮腰,手不自觉地上下抚动,然后一件一件地剥苏宁的衣服,她穿了一条腰上系有细带的裤子,他一时情急抽成死扣,苏宁忽然醒悟过来,扯住裤子,尖叫着喊:"不!"然后夺门而去。

丢下江锦辉一个人在她家里发呆,他怎么也不会想到,苏宁在你侬我侬时,竟然,丢下他,逃跑。

四

在公司里再看到苏宁,两个人都有些尴尬。江锦辉的目光,追着苏宁里里外外忙碌的身影发呆,有同事笑,在背后拍他的背,他醒悟,脸上有些发烧。直到她拿着打印纸经过他身边的时候,低眉激滟,温柔地说对不起。只是轻轻的一声,他的心便轰然而动,像一个受了委屈的小孩子,有了想哭的冲动。

隔天,单位里来了新上司,是总部派来的,令人意想不到的年轻,有着很好的家世与背景,受过很好的教育,长相也说得过去,公司里的小姑娘公然地表示对新上司的好感,也包括,苏宁。

常常看到他们在一起,做事,吃饭,甚至约会。有很多的风言风语传出来,苏宁只是淡淡地笑,并不理睬。

江锦辉心中不是滋味,夜里睡不着,想来想去,还是鼓足勇气跑去问她,她叹息一声说:"小时候,我非常喜欢祖母的那些花瓶,青瓷,碎花,清晰的纹理,细腻的釉彩,反射着冷凝的光,因为喜欢,就想抚摸,就想据为己有,然后失手打碎,一地的碎片。据说值很多钱,我吓得哭了,也不是吓得,那中间还有不舍不忍,很多,说不清楚。那些碎片,是记忆里的伤,以致后来,不敢碰触,也使我懂得了一个道理,越是喜欢的东西,越不能据为己有,因为怕爱碎了……"

她说了很多,可是江锦辉并不懂得她想说什么,觉得她是故意搪塞自己,觉得自己很笨。他负气离开,不理她。倒是苏宁,看不出喜还是忧,还是平常的样子,仿佛全然不挂怀,完全无所谓,江锦辉不由得感叹,都说女人无情,心狠起来,竟比男人还狠!

五

苏宁两天没有来上班，身边少了她这个小尾巴，江锦辉还真有些不适应，开始坐立不安，心慌意乱。勉强等了一个星期，仍不见她的影子，想给她打电话，拿了手机，又放下，毕竟是自己不理她的。认识几年了，还是第一次这样认真地闹别扭。

江锦辉叹了一口气，忍不住又给苏宁打电话，竟然，没有人接听。他慌了起来，跑去苏宁的家敲门。敲了很多下，才听到有人声，门开处，探出一张脸，是苏宁，蓬头垢面，面色憔悴，看到他，惨然一笑。他的心狠狠地疼了一下，紧张地抓住她的手问："怎么了？"她轻描淡写地说："不过是感冒了，没有大碍。"

他伸手摸了一下她的额头，烫手，也忘了找她吵架，埋怨道："怎么不给我打电话啊？想一个人躲在角落里自生自灭吗？"苏宁听了，半天不语。

屋子里一片狼藉，江锦辉环顾一下说："像个猪圈，我帮你打扫一下，你赶紧换一下衣服，我送你去医院，好过于在这里等死。"

苏宁眼睛里汪着泪，去卧室换衣服，刚换了一半，门砰的一声被打开，是江锦辉，他想问苏宁扫帚哪去了。苏宁套了一半的衣服，就停在那里不动了！

江锦辉先是有些羞愧，嘴里说着我可不是想偷看你啊，眼睛还是忍不住看苏宁。苏宁的两玉条腿就那样赤裸地在他的目光之下，他傻傻地看了很久，苏宁的两条腿，白皙、修长，很漂亮，只是一条腿正常，一条腿稍细。

他忽然明白，苏宁为什么一直不肯穿裙子，为什么一直和他保持若即若离的距离，她是怕碎了，是怕在他眼里的形象碎了，是怕爱碎了。他看到的，只是她乐观开朗的外面，其实并不曾真的了解她内心的伤痛。

苏宁把衣服兜在脸上，无声地啜泣。江锦辉扳着她的肩问："为什么你不告诉我？"苏宁说："我小时候患过小儿麻痹，只是比较轻微。我不告诉你，我们还可以在一起久一些,我告诉了你,爱就碎了。"

　　江锦辉牵起苏宁的手说:"别傻了,有些事情并不是人的错,并不是你愿意的,爱情来时,要勇敢地面对,真的错过了,你会后悔一辈子的。"停了一下,他又说:"我来就是想告诉你,我爱你,我要娶你。这几天,没有你在我身后当小尾巴,我还真的有些不习惯呢!"

　　苏宁眼泪落下来! 她说:"我不想和你分开,更不想和你在一起之后再分开,我怕碎,所以,我们现在就分开吧! 我不会怪你!"

　　江锦辉的心中有一丝柔软漾开,但嘴里还是忍不住嚷嚷:"别逼我演苦情,我可不想求一百次婚,你只要答应我一个条件,我们就不分开。"

　　苏宁皱着眉问他:"什么条件啊?"江锦辉说:"我要给你买很多很多的裙子,你要答应我以后穿裙子,我想看着你裙袂飘飘地走在夏天的阳光里。"

　　苏宁偎在他的怀里,流满泪水的脸还是绽开了久违的笑容,她郑重地对他点了点头。

　　爱是一颗幸福的子弹,穿胸而过的时候,谁都愿意幸福地倒下,苏宁亦然。

上帝，也青睐爱的呼吸

王国军

　　兹韦列夫是个旅行家，他最大的梦想就是到中国新疆喀什河进行漂流，他认为这是漂流史上一次史无前例的壮举，为了这个梦想，他用了整整三年时间，联系了另外五名志同道合的人。在做好了充分准备后，他认为时机到了。

　　带着厚厚的行李，在向导的引领下，他们来到了河水上游的红滩，兹韦列夫给女友奥莉打了一个平安电话后，他激动地宣布，改变历史的时刻即将来临。

　　但是没料到，在漂流四天后，在一处深 V 形的河面，他们的两只皮划艇遭到了严重撞击，为了活命，他们只得跳水，奋力游出回旋区，在河的下游上岸。但是兹韦列夫很快发现，除了贴身的物件外，他们已经是两手空空。比这更恐怖的是，有两名队员被漩涡吞噬，不见踪影。

　　他们试图呼叫和寻找队员，但很快他们发现，这只是徒劳。

　　此时，他们身处海拔五千多米的无人区，白天温度可达三十多摄氏度，夜晚则为零下五摄氏度以下。恶劣的环境再加上缺衣少食，把他们逼到了绝境。稍作商量之后，他们决定继续往前走，虽然不知道前面会有什么危险，但至少比留在这里等死强。

　　艰难行走一天半后，他们很快发现，仅在一处三百五十米长的陡坡上，就耗去了将近三个小时的时间。为了不破坏身体机能的平衡，他们不敢乱吃，有时见到河边零星的小草，也强忍欲望，迅速走开。在最艰难的时候，除了靠信念维持，别无所托。累了，相互抱在一起；渴了，喝口冰冷刺骨的水；

饿了,还是冰冷的水。其余的时间,他们都坚持不懈地往前走。

出事后的第三天,他们终于找到了两只皮划艇和死去的两名队员,还有少量的东西,在匆忙用餐之后,他们为死去的队员举行了简单的葬礼,然后坐上皮划艇,向下漂流,希望能走出这片死亡之地。

但不幸的事再次发生,同样是一处深 V 形水面,四人的船再次被漩涡颠覆,兹韦列夫侥幸爬上岸,再看其他人,已不见踪影,为了寻找失去的同伴,兹韦列夫试图顺着河流而下,但同样是无果而终。万般无奈之下,他只得继续往前面走。

此时的兹韦列夫,只穿着风衣和一件单衬衣。行走多日后,球鞋已经被磨得布满破洞,面目全非。但他依然不屈不挠地向前走,直到找到一个深约十米的山洞,他犹豫了,因为他知道,凭他现在的状况,根本不可能走出这片不毛之地。还不如躲在山洞,静待救援队伍的到来。他看了一下表,此时离接应他们的伙伴的约定时间已经过去一天,相信早已报案,现在他需要做的就是保持体力。白天,他就跑到外面晒太阳,晚上回到山洞避寒。尽管如此,躺在石头上依然冰彻透骨。每一天,他都仰望着天空,希望奇迹能出现,但是,他的处境却是越来越糟糕。

饥饿、寒冷、孤独,消瘦下去的兹韦列夫开始想到死亡。时间又过去了一周,兹韦列夫再也坚持不住了,他崩溃了,他想到了结束自己的生命。

在那个飞沙走石的夜晚,冷得难受的他,摸出了女友赠予的水果刀。"砰"的一声,夹带着硬物坠地的声音,兹韦列夫弯身拾起来,并把它打开,一串熟悉的声音便萦绕耳边:"亲爱的,你一定要加油,你能行。"他想起了,这是一年前,他们在参加交谊舞前,女友录在 MP4 里的话。

兹韦列夫哭了,女友的声音在心底激发了他活下去的勇气。他头一次发现,自己活下去的意志竟是这样顽强。他把 MP4 紧紧抱在怀里,他告诉自己,一定要活下去,只有活着,才能和女友办一场难忘的婚礼。

接下来的几天里,他每天都要听一听女友的声音,每听一次,他就感觉活着的信念强了一分。这声音,一直陪伴到他发现直升机的刹那。

　　他成功得救了。他也成了新疆海拔五千米无人区里第一个在艰苦环境下单独生存二十五天的外国人。医生仔细给他检查后，惊奇地发现除脱水与营养不良外，他的生命体征一切正常，很多人都说这是不可思议的事，但是他做到了，他成了漂流者们心中当之无愧的英雄。

　　在获救的第三天，女友从莫斯科赶来，面对蜂拥而至的媒体，他掏出MP4，激动地说："我能活到今天，都是因为它，是它给了我活的力量和勇气，因为我知道，上帝，也青睐爱的声音。"

用纯净透明的眼睛看世界

凉月满天

　　和朋友们一起喝茶，一边呷着杯里淡翠的茶水，一边听其中一个絮絮地讲生活趣事，细细碎碎的声音如梦似幻，伴随着缭绕柔净的音乐，宁静妥帖如在天外。

　　通常这种场合，我就是一堵有嘴的墙。自从数年前偶然因病发声困难，就养成了沉默哑静的习惯，渐渐觉出"做背景"的好。从容淡漠，好像和身边世界一瞬间拉开十数年，神游天外很方便。

　　结果另一个朋友端详了我一会儿，说："你是个有城府的人。"

　　"啊？"我纳闷——"为什么？"

　　"越有城府的人才越会沉默，不动声色，就像你似的。"

　　"……"

　　这个话题一笑而过。它引发的后续反应是我当时没想到的。

　　后来一群人聚会，男男女女、三三两两、说说笑笑，那个讲生活趣事的朋友到得晚些，来后便和几乎所有人打招呼，却是目光像水银，从我的身上轻巧滑过，不肯停留片刻。看来大家对"城府"这个词普遍反感，生怕自己心眼短缺，别人七窍玲珑，不定什么时候就被卖了，所以对盖了"有城府"戳子的人，为自保起见，有多远离多远。

　　真冤。

　　《三国演义》里，曹操奔逃途中，借宿吕伯奢家，老吕的家人在后院商议宰猪宰羊招待贵客，"先宰哪个"的话语惹他生疑，以为要害自己，心头怒起，屠了吕家满门。这个人心性奸狡，长一双鬼眼，看出去的世界自然也是鬼影

幢幢。《乱世佳人》里的玫兰妮,拿爱着自己的老公斯佳丽当闺中密友,坚决站在因和自己丈夫拥抱而身败名裂的斯佳丽身边,用实际行动维护对方清誉。这个人天生长就一双佛眼,看到的人都纯净美好,整个世界金碧辉煌、佛光普照。

身外世界原本就是自己心理的一个投射,一千个人眼中有一千个哈姆雷特。鬼眼看鬼,佛眼看佛,凡人好比走钢丝,左摇右摆,半鬼半佛。一个"有城府"的评价害我莫名其妙遭冷落,从这个角度讲我是受害者;可是万一人家没这么想,只不过一时疏忽,忘记和我打招呼呢?我却派人家这么个大不是,我岂不也成了一个心怀鬼胎的人,一个害人者?

所以周国平会说,我们生活的世界风尘弥漫,道路纵横,稍有偏颇就会误入歧途;我们的心灵更复杂,混沌迷茫,无所适从,稍有执着就会走火入魔。所以有必要把大脑的温度降低一点,保持平常心,才不会被妄念和偏执所控制,成为头脑清醒、事理畅达、境界超然、充满智慧的人,人生也会更洒脱。换句话说,他的意思就是要把王国维笔下的"有我之境"变成无拘无碍、透明清澈的"无我",才能活得更轻松、更快乐。到这个时候,不管别人城府有多深,作用于自己身上也好比捉影捕风、徒劳无功,又有什么好害怕的?

一个小女孩跟着妈妈坐火车,中途上来一个面目阴沉的乘客,衣着肮脏,所过之处众人无不掩鼻,面露睥睨之色,而且都不自觉地捂紧了钱包。看到这些举动,这个年轻的乘客眼神变得阴鸷狠毒。他在小孩的身边找到一个空位,疲惫地坐下闭目养神。忽然,一双小手拉了拉他的衣角,他睁开眼看,小姑娘手里拿着一个苹果,正甜甜地笑着,口齿不清地说:"叔叔,吃果果。"他的手伸出去,简直不是手,就是一双在土里刨来刨去找虫子吃的鸡爪子,干瘦、漆黑、羸弱。捧着这只红红的大苹果,不知道为什么,他一下子泪如雨落。

半夜,人们昏昏而睡,这个神秘的乘客下车了。小女孩面前的小桌上放着一张纸条:"亲爱的小姑娘,我输血感染了艾滋病,痛恨命运不公,原打算把病毒散播给所有人,是你救了我的心灵,我会好好走完剩下的生命旅程,然后在天堂微笑着向你送上祝福……"

　　你看，就像一本叫作《水知道答案》的书里所说的，如果你对着一杯水，发射"善良、感恩、神圣"等美好信息，水分子就会结晶成无比美丽的图形；而一旦把"怨恨、痛苦、焦躁、嫉妒、猜疑、怨恨"等不良信息投射到这杯水上面，水分子的结晶就会变得支离破碎、形态丑陋。人眼看人，佛眼看佛，用一双透明纯净的眼睛看世界，这个世界就会变得——而不是显得——更美好。

秋雨私语

禾 源

秋天的雨要一段时间的酝酿,才能从天而降。酿雨的日子,太阳躲得很深,天压得很低,低到要吞没远处的山峦。时常让人们关注的那座探头山,在这样的日子里不再探头,我猜测它趁这天地酝酿秋雨的时节,正在行偷行窃,窃走一些把守不住的良知。

我知道探头山是在丽日晴天下,一位大叔指着它叫我细瞧:"你站在这里,看那座山头,在一排排的群山中,露出一个山峁,像不像一个探头探脑的家伙。若得了这脉风水,大则出奸臣,小则出偷盗,好在这座山不是主体山脉的主峰,充其量只出些小蟊螽。"城区有好多地方都能看到这座探头山,小偷小窃、小贪小腐确实时有发生。我每每见到它时心里就滋生起阴郁之气,感到郁闷,心情就如这酿雨的天气一样阴霾,总把那些不光彩之事与探头山联系着,仿佛是因为它趁着这秋季酿雨时节,借阴沉沉的天气,偷窃了天地良知的结果。

"天气要变了,昨晚我这陈年的伤又痛得厉害!"邻居大爷的话如二十四节气的时令,一开口就会招来"新的"气象。大爷从乡下搬来,用他的话说是"随吃团",也就是说他不能再稼穑了,不能自养,又没退休金,只能跟随孩子过着被养的日子。城里与大爷同身份的人挺多,我居住的这条巷子几乎都是刚从田埂上走过来,带着农具进城的第一代城里人,所以被有的朋友开玩笑讽喻为蛤蟆巷。意思是说我们像尾巴还没褪尽的蛤蟆,脱不了与田园的干系。是的,只有庄稼对季节的描绘最为忠实,只有山里田里生长的对天气变化最为敏感。"呼噜呼噜! 天气要变了,喘得厉害!""唉! 天气要变了,我

的关节痛得很!""嗯! 天气要变了! 孙子昨晚尿床!"如秋风刮过,树树有声。

若说春是风情姑娘,夏是热烈少妇,那么这秋则是一个城府极深的汉子。不晴不雨,阴沉沉的脸会虎上几天。树一个劲地落叶,好像就是冲这个秋天生气而来,一棵落光,两棵落光,就为得一场秋雨沐浴而哆嗦在秋风里。露干裸枝,皮肤开始皲裂。深秋少了虫鸣,但岁月不可无歌,树是最忠于大自然舞台的演员,虫子不唱,鸟儿不唱,树还能不唱吗! 就是那肌肤粗糙的树扯着风,用肢体的语言唱着唱着。向东摆去一声:呼——! 自西摆来一声:哗——! 呼——哗! 呼——哗! 仿佛是向天祈雨吹响的号子。

雨来了,它是飘落下来的,没有见到水珠雨滴。我在雨中走了好一程,也不过是青丝微湿,并没有被淋湿的感觉。一定是,一定是深秋汉子在做雨时出了差错,把雨滴碾成碎末。

天依然压得很低,久久投在天怀的山峦依旧看不清它的面目,大概这雨还没做好,或者还做得不够多,天地相拥还在做! 探头山自然就隐得更深,或许正得意地哼唱着天凉好个秋!

树在坚守,人在等待。做雨! 做雨! 什么时候能做雨啊! 雨沫密织,终于下雨了,虽然说雨依然如帘随风摆动着,但成雨了,会淋得你脖子发凉,淋得你发湿衣透。街上的行人打起了伞,萌出游动的花伞景观。秋雨比起春夏的雨来得可爱,春夏的雨常喜欢制造声势,电光闪闪,雷声轰隆! 架势吓人,砸到地上水花四溅,一样行走在大街,往往先湿透了鞋裤,雨景中任何俊男倩女的自信和从容随雨水落地。秋雨不一样,轻轻地落,绵绵地洒,撑把伞,男儿不失风度,女子娜娜的身姿扭得更出彩,再说伞遮了雨,也隐了头脸,这不露头展脸,不仅能藏瑕显瑜,且少了不必要的招呼,走路的样子就有着专心表演的姿态。走着走着,我感觉这秋雨如禅师,平和静穆,沐浴其中的人仿佛都有所开悟,寻找到人性中的一份淡定和高雅。

"蛤蟆巷"里的大爷坐到客厅,又开始反刍,他说:这雨降下太多的回味,当年总是选上这样天气,约上几个同伙,凑些钱,买上一只鸭,从米缸里量上

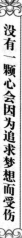

几升糯米,从酒坛里打上一壶酒,吃个足,喝个痛快。喘得厉害的大娘也坐到客厅,长长地一声感叹:当年的南瓜子可香可脆,嗑着嗑着忘了手中的活,也忘了时辰。这秋雨成了他们收成的祭典,怪不得牢牢记住。

站在窗前,我看雨看树,雨爱抚着树,清洗着树上春夏的粉尘;树则像听话的孩子,时不时像被搔中了腋窝,情不自禁地摇晃得厉害。我看雨看山,雨成了天浴,山成了醉汉,大概探头山也醉在其中,深沉的汉子沉醉自然不容易醒来,于是这雨一下也就是几天。这来去不易的秋雨降下时,有人说:做雨了! 这话到位,这雨是做的,做成这雨就有过节一样的日子,节日一样的生活就是这雨给做出来。

秋天,我要你做雨,做雨!

第二辑

用最温暖的方式爱你

人的一生，如若真正遇到那个懂你之人，可谓千载一遇、千古善缘，哪怕千山万水，望君千万珍惜。

没有一颗心会因为追求梦想而受伤

爱，总要拐几个弯儿才来

朱成玉

他和她，是经人介绍认识的。

他是一个的士司机，老实巴交的一个人。长年累月，风里来雨里去，行遍了小城的每一个角落。她是银行的小职员，每天两点一线，很内向很规矩的一个女孩。正因为两个人这样的性格，导致了他们成为大龄的"剩男剩女"。

他和她在一起，话不多，常常会因为想不起说什么而有些尴尬。她和他在一起，常常心有旁骛，一颗心没有着落的样子。中间做媒的人跟着着急，问他们到底还处不处这个对象，两个人没说处也没说黄，彼此等着对方说些什么，却都是欲言又止。

偶尔，他们也会聊起那些过往。他说，媒人给他介绍过两个对象，可是最后都黄了，因为其中一个不让他把母亲接过来住，而另一个却是嫌他穷。就像他的人一样，连过往的经历都那么平淡无奇。她也对他说了她的过往，从她说话的表情来看，她是留恋那些岁月的。她说她有过两段感情，烟花般绚烂而又短暂。两段感情都有着相似的情节，灿烂的开始、落寞的结局，两个男人先后负她而去。这两次情感经历就像两把刀子，生生地割着她的肉。她是一个"死心眼"的女人，总是无法从记忆的阴霾中走出来，家人跟着着急，就想让她尽快嫁出去，怕她这样时间长了会生病。

情人节的时候，憨厚木讷的他不懂得给女孩子送花，更别说什么好听浪漫的话语了。只会开着车子对她说，带你看看咱城市的夜景吧，很好看呢。她就坐在车里，不说什么，任凭他把车子开到哪里。她想起以前的男友，在情人节的时候找来一大帮人，为她在一个偌大的楼顶燃放烟花，那些异彩纷呈的浪漫璀璨了她那颗少女的心。只是她想不明白，那样美好的东西，为什么会稍纵即逝呢？

"哎！"她轻叹着，哀怨的眼神飘向窗外。她说她总是不能忘怀，那些浪漫的情节，仍旧时常在她的梦里闪现。每每这个时候，他也会轻声地跟着叹息，仿佛对面坐着的，是他的一个受了伤害的亲人。

每天她下班的时候，他都会准时把车停在她的单位门口等她，送她回家。他不说什么，就那么憨憨地笑着，接过她的包，替她打开车门，每天都是这样。如果哪天她在单位加班了，他就在外面等，哪怕等到深夜。和她的"死心眼"比起来，他就是有点"一根筋"了。按理说，通往她家的是一条大路，他完全可以在那条大路上直达她的家。可是他偏偏不走大路，总是七拐八拐地走一些小道。她在心里笑他，以为他只是想和她多待一会，可是又不善于表达，就想到这个笨笨的办法，虽然可笑，也挺可爱的。想到这里，她并不埋怨他。

终于忍不住，有一天，她问他，有条大路可以直接通向我家的，你为什么总是要走小路呢？七拐八拐的，费事不说，也费油啊。他只是笑笑，没说什么。

日子就那么过着，两个人谁也没说过和爱有关的字眼。他认为每天能开车送她回家就很幸福了，他以为这样她就是默认了他们的关系。直到有一天，他突然接到她的电话，让他别去接她了，她说她有事情不回家了。他并不奇怪，只是到了那个时间，很习惯地又把车子开到了她的单位门口。可是他却看到她坐进了别人的车子，那是一辆白色的雪铁龙，耀眼的白，刺得他有些睁不开眼睛。

一连好几天，她都说不用他去接她。他开始有了某种不详的预感。果然，她在电话里对他说，以后不用接她了，她说他们在一起不合适，她说祝愿他找到一个比她好的姑娘。

那些日子，他跟丢了魂似的，没心思做任何事。每天到了那个时间，他

还是忍不住要去那里等她,但每次都是看到她坐进别人的车子。

有一天,那辆车没有来,他看到她了,不停地拿出手机,不停地拨着号码,然后就是不停地哭,不停地问着"为什么"。看着她在风中因为抽泣而不停抖动的身子,他的心底有一种被撕扯般疼痛的感觉,他脱下他的外套披到她的身上,他说回家吧,天气凉了。

她说她以前的男友从国外回来了,约她见面,说很想念她,想重新和她在一起,让她再给他一次机会。她原谅了他当初的背叛,她以为这是上天对她的怜悯,让自己的生命重新灿烂夺目。没想到,这又是一场烟花表演。就在他们约会的地方,一个自称是他太太的女人出现了,那是个很厉害的角色,当着他的面,重重地扇了她一记耳光,说她是个狐媚,净想着勾引她的男人。委屈的泪水夺眶而出,她感到自己有些支撑不住,天旋地转,随时都有倒下去的可能,可是他却跟着那个女人,灰溜溜地走掉了。

稍纵即逝的烟花,又一次烧焦了她的心。

"哎!"他还是陪着她轻叹,他不会说安慰的话,他给她讲在广播里听到的笑话,跟她说一些奇闻异事,跟她说刚才的天气预报,说明天要降温,记着多穿点衣服……她的心慢慢平复了,她说谢谢你,送我回家吧。

他还是不走那条大路,七拐八拐的还是走那条小路。终于,她还是忍不住地问他,为什么不走大路呢?

他说,你没看见前面有个很大的垃圾堆吗? 如果走大路,车子就得停在垃圾堆那边,那样,你不是还得多走五十多米吗,呵呵。从这边走,就可以直接到你家门口了。

她愣怔了半天,没想到这个木讷的男人竟然如此心细,她忽然感觉到一种前所未有的温暖。

她想,单单这一句,该是胜过所有浪漫的山盟海誓了吧。

他把车灯打开,直到她进了屋,开了灯。他才转身离去。

她给他织了件毛衣,说冬天到了,天天起早贪黑地开车,要穿得暖和些。他迫不及待地在大街上就把毛衣换上了,满脸满心的幸福喜悦。

　　她想,能给另一个人带来温暖,也是件很幸福的事情呢。

　　看着夕阳下宛若天使的她,他咬了咬嘴唇,似乎下了很大的决心似的,而她的脸上亦是挂满红晕,似乎在等待着他说什么。"我……我……"他挠着脑袋,喃喃地说:"以后你下班的时候,我还可以去接你吗?"她被他的憨气逗乐了,大声地说:"当然了,而且不走大路,走小路。"

　　他和她都笑了,天上开始飘起雪花,慢慢地落到地上,正在织一张幸福的地毯。

　　她终于敞开了心境,她想,人生不会都是笔直的大路。有时候,爱和幸福一样,也是七拐八拐,拐好几个弯儿才来的吧。

三十秒，是相守一辈子的理由

王国军

灾难说来就来，全然没有任何预兆。

男人正在租住的民房里休息。男人受伤了，上工地时，钉子不小心扎进脚心里。

"轰"的一声巨响，男人从睡梦中惊醒过来，愣了一下，看看四周，他第一反应就是，火灾。男人顾不上脚上钻心的疼，只穿着内裤就往外面跑。

院子里到处都是惊慌失措的人，哭声、尖叫声乱成了一团。男人看见滚滚浓烟从隔壁院落里腾起，蹿起的火苗迅速染红了天空，救命的哭喊声在烟火里翻腾起伏。

男人似乎听见了女人呼唤他的声音。

来不及多想，男人一脚踢开隔壁院落的大门。疼，剧烈的疼痛让他一下子摔倒在地上。挣扎着爬起，男人看见一个小孩从火海里冲出来，头发被大火烧着，浓烟呛得他身体严重变形。

有人抱着棉被跑过来，有人拨通了119，有人提着水桶还想往里面冲。

然而巨大的火苗让所有人都不敢前行。

男人想起了女人，他想起女人出门时就是往这个院子方向走的。

男人着急起来，喊女人，没人应。男人心急如焚，再喊，没人应；再喊，没人应；还喊，还是没人应；继续喊，喊，喊！

男人不顾一切地向前冲，可是火势太猛了，一团巨大的火球向他席卷过来，男人只好往后退。透过火球的间隙，人们看见了房间里面摆放的两只液化气罐。

"液化气罐就要爆炸了,不能再进去了,太危险!大家快撤!"人群里有人尖叫起来,接着大家一窝蜂地往外面跑,没人再理会他,他一个人孤零零地站在院落里。可是里面确实有人,他分明听见了孩子的哭叫声。

泼水,裹着棉被就往里面冲。男人担心女人的安危。他不敢有丝毫懈怠。这几天,男人和女人一直处于热战中,为父母、为儿子、为生活,每天都在无休止地争吵。闹到最激烈的时候,离婚就成了必须面对的话题。

她说——离就离,房子和家产都归我。扭头就走。

男人也以为他对女人没感觉了,只是在火灾发生的刹那,他分明感觉到了女人对自己的重要。如果,女人出了事,这辈子,男人都没办法原谅自己。

从冲进大院到跑进火场里,他用了仅仅十五秒,他就那么光着脚冲进去,没有丝毫的犹豫与胆怯。一切都在瞬间,从外面又折回来的人们都被吓呆了,没人喊,没人叫,大家都只是惊恐地看着,屏住呼吸地望着。

棉被一下子就燃烧起来,男人感到了火辣辣的疼,灼热的火舌不断向他席卷过来,但更要命的是,一截房梁倒了下来,不偏不倚地打在他的后背上。男人扑在了地上,他感觉骨头就像散架了一样,疼痛难耐。那一刻,男人感觉到了死亡的气味。可是,他知道自己不能倒下,他的妻子还在等着他,邻居家的孩子还在等着他……

男人挣扎着爬起来,跨过随时可能爆炸的液化气罐,继续往里面跑,他边跑边喊女人的名字,还是没人应。

在最里面的小屋里,男人隐约看到躲在水缸旁的两个小孩,没有女人。男人来不及思考女人会跑到哪里去了。救人要紧!他连人带被往水缸里一跳,爬起,一手抓起一个,就往外面跑。

刚跑了几步,棉被就滑落在地,顾不得捡,男人继续往外面跑。火势越来越凌厉,屋子有随时倒塌和爆炸的危险。外面的人们不敢再救火了,纷纷退到院子外面,揪心地盯着大火里的那扇门。

十五秒后,男人抱着孩子,终于跑了出来,一米,两米,三米……人们这才发现男人的头发已经变成了焦黄,内裤也烧得剩下了一半,而地上是一条殷红的血迹。

　　人群中不断有人跑过来给他送鞋,送绷带,送衣服。而男人的目光始终在不停地搜索。蓦然之间,男人看到女人跟随着一队消防官兵跑过来。

　　男人被扶上了担架,送往医院,女人跟随在后面,一直握着他的手。十秒钟后,传来一阵震天巨响。被烈火焚烧许久的液化气罐终于爆炸了。

　　医生说男人要在医院里躺半个月,他的身体有百分之五十的烧伤。

　　男人是到医院三个小时后才醒的,女人一直紧握着他的手,从没松过。

　　女人满脸泪水。女人说,我本来是到隔壁家借钱,可想到你的种种不是,我就恨,我出来了,改去法院……爆炸的那瞬间,我怕你有事,我给你打电话,一直在打,没人接,我就往回跑,摔倒了无数次……要是你因为我出了事,我这一辈子都不会原谅自己。

　　女人抱紧了男人,心疼地问,要是我不在里面,你还会一如既往地冲进去吗?

　　男人缓慢地说,会。不仅仅因为你,还有孩子,他们是这个国家的希望,我别无选择。

　　女人流着泪,点点头。女人说,我知道你一定会去的,正因为这个,我才更在乎你,更担心你。生命遇到为难的刹那,我才发现能和你在一起是一件多么美妙的幸福。哪怕是在天天吵架,哪怕你再在救人中受伤,哪怕你变成了残废,只要能看着你,守护着你,能跟你一起活着,我什么都可以承受。无论贫穷、疾病、苦难,都不能再把我们分开。可是你知道为什么会这样吗?

　　男人摇头。

　　女人哭着说,这三十秒,是我们,相守一辈子的理由。

用最温暖的方式爱你

王国民

她爱他的方式,太痴了,谁看了都会感动。

他们是在一个相亲节目上认识的,彼此都是初恋。

三年前,他得了重病,住进了医院,她陪他。结婚这么多年来,她还是第一次静下心来陪丈夫。她的脾气不好,他总是忍着;她经常指挥他做这做那,他也忍着;她说她讨厌油烟味,他就主动承担了厨房的工作,一做就是三十年。但是他病了,他做不了了,结婚这么多年,她一直想做顿好吃的给丈夫,也只有在这个时候才有机会。

却不想切肉时被狠狠切了一刀。疼,钻心的疼,却忍着。她做了他最喜欢吃的菜。

赶到医院已经是晚上十点。

看着她手上包扎的白布,他从病床上惊起,一脸紧张。

因为不喜欢他太老实,她甚至出轨过,他不闹也不怨,他说,是他做得不够好,才留不住她的心。后来,他对她都百般迁就。他还说,婚姻总是两个人的事,宽恕,才能携手走天涯。

都知道他们很恩爱,公园里、广场上,到处留有他们浪漫的足迹,虽然因为工作关系,她的休息很没规律,但他的电话总会如影而至。一两句温馨的问候,总会让她感动得热泪盈眶。

他常常会周末跑到大街上拉小提琴,她常常会跟过去,表演一段唯美的舞蹈。如果,不是这场大病,她想,这样的生活应该是完美无瑕的。

可是他病得很重。医生说,如果不换骨髓,必死无疑。

她抱着他说:"多想牵着你的手,一起慢慢变老。"

化疗是极其残酷的,他的头发开始大把脱落,为了鼓励他生的斗志,她不得不每天都守在他的病床面前,给他讲自强不息的故事,在她的鼓舞下,他露出了好久不见的笑容。

她到处找髓源,但是查遍资料库里的几万份骨髓记录,都没有合适的。她只好每天都抽空上网发帖。三个月后,她接到了来自中国的一个电话,对方说愿意捐髓,并且愿意来美国手术。

配型报告很快出来了,完全吻合。后来,他就做了手术,很成功,是她的努力,才让他从死亡线上挣扎过来。

但不幸接踵而至。他再次住进了医院——胰腺癌。他也知道自己时日不多,他不想再拖累女人,就出了院。他平静地安排着自己的后事,他甚至希望女人能重新找一个。她哪里肯,她说,你就是这个世界上最疼我爱我的男人,你走了我怎么办?

他走的那天,下着大雨,她在太平间里哭得天昏地暗。接着,她做了一件让所有人都惊讶的事,当丈夫下葬时,她把他生前所用的一部摩托罗拉T720手机充满电之后,作为"陪葬品"随他一同埋进坟墓中,并把他的手机号码刻在了墓碑上。她说:"我一直相信我的丈夫还在我身边,所以我希望能让所有认识丈夫的人也可以通过这个号码向陪葬手机打电话或者发送短信。"

之后的每一天,她都朝丈夫的手机打电话,她鼓励儿子们也打,她说:"这会让我们感觉他仍时刻和我们在一起。"却因为铃声太响亮,吓坏了附近的扫墓人,她被请进了警察局,知道真相后,所有的人都被她的痴情感动了。

后来,电池用完了,她仍继续拨打丈夫的手机号码,就仿佛他仍活着一样。直到现在,她每天都仍会给丈夫打一两个电话,她说:"亲爱的,请原谅我用这样的方式想你。"正如她所说的一样,她一直感觉他就在身边一样,所以每一天她都会过得很快乐,很幸福。

三年来,她每个月都要为丈夫支付五十五美元话费账单,以确保丈夫的

第二辑 用最温暖的方式爱你

手机号码能保持有效。不过,由于这个号码永远不会有人接听,她只能在丈夫手机的语音信箱中留言,每次她拨通电话之后,就会听到丈夫的语音提示:"嗨,你进入了我的语音信箱,当听到哔声之后请留言,我将尽快回电。"

三年来,她已经给丈夫留下了数千条的手机留言,告诉他,自己的近况,诸如"儿子今天通过考试了""今天我生日,亲爱的,祝我生日快乐吧"。她的孩子们也会经常给父亲打电话,在语音信箱中告诉他最近的体育新闻。

很多人不解,甚至质疑她是在炒作。但她表示,为了纪念丈夫,她永远都不打算取消丈夫的手机服务。最后,她说:"只要世界上还有关心我丈夫的人存在,我就将一直保留着他的号码。而我、我的孩子、他的朋友们都仍关心着他,我认为我永远都不会停掉他的号码。"

她只是美国一个普通的律师,有一个普通的名字——玛丽安·塞尔特泽,但却做出了一件让世间所有情侣都敬佩的事。

她爱他,以最温暖的方式,所以,他走了,她仍然每一天都和他密切联系着,因为她曾经说过,她的世界,不能没有他。也许,人的心灵只是需要一个寄托。即使他不在,她仍像春天盛开的鲜花一样,花枝招展,精彩无限。

这是我听过的最痴情的爱情方式。所以,若爱,请深爱,你的包容、你的理解、你的善良、你的宽恕,其实都是最温馨的爱情姿态,因为你在,她才心安。

被春天遗忘的角落

石　兵

　　他的记忆里，春天像一个梦一样遥远而缥缈。

　　在那个封闭而又繁忙的小县城，他出生在一个终日不见阳光的小胡同里。他不明白，为什么父亲要把房屋向阳的一面砌成墙，连一扇窗也没有留下，从小到大，他都在阴暗的背阳处成长，所有的温暖似乎都不曾光顾他的身体，无数次，他都想冲出这个牢狱般的家，但是，每一次成功逃离后，他都会沮丧地发现，那时正是午夜，家外的世界似乎更加冰冷，而且，黑暗中似乎有一种他无法对抗的力量，他只得悻悻而归。

　　但他还是能隐约地听到春天，每年的一些时候，窗外的孩子们都会大声呼喊，春天来了。那一刻，他似乎能听到行道树上碧绿的叶子在歌唱，它们唱的是一首关于成长的歌，他还能听到无数的声音，那些声音的主题是唯一的——成长。在春天的阳光下，所有的生命都在茁壮生长，除了他，在阳光的滋润下，所有的生灵都比他幸福。

　　他从小就是个沉默的孩子，这一点，没有比父亲更加了解的了，所以，父亲几乎从来不跟他说话。那个黝黑的父亲，总是带着一身的汗珠子回到家里。在他的认知里，父亲总是在刺伤他的心，因为他知道，父亲的黑脸膛是被阳光晒的，他的一身汗珠子也是被阳光浸润而出的，父亲似乎笃定他无法漫步在春天，无法享受阳光的恩赐，所以，总是把一身阳光展示在他的面前，虽然父亲被阳光肆虐过的身体有一股难闻的酸臭，但这，仍然令他向往不已。

　　母亲与父亲有所不同，她总是陪着他待在家里，在这个大门朝北的怪异

房间中相伴度日。在小时候,母亲喜欢对着他说个不停,但他的目光却总是定格在那面向阳的墙上,对母亲的唠叨置若罔闻,久而久之,母亲不再对他说话了,她喜欢上了自言自语,但是,他总感觉,母亲的自言自语似乎也都是在对他说,尽管从来得不到他的回答。

十岁的时候,父亲教他学会了认字,那似乎是他出生以来最快乐的时光了,那些方块字建造了一个神秘的世界,令他有了倾诉的地方,他也从那个世界中找到了一些寄托与思索,但他依然无法走出家门,这常常令他沮丧不已。

十五岁那年春天,父亲母亲终于带他走出了家,他们给他全身蒙上厚厚的黑布,但他仍然能够感受到温柔的阳光,那阳光暖暖的、柔柔的,像他童年时代母亲拂过他脸颊的手。取下黑布之前,母亲让他闭上眼睛,他没有听母亲的,取下黑布的一瞬间,他的眼睛被光线刺得像针扎一样疼,他紧紧闭着眼睛哭了,等他睁开眼的时候,发现父母已经哭着抱成了一团。

从一位陌生医生嘴里,十五岁的他终于知道,自己是个与众不同的人。他患有一种罕见的先天性皮肤病,不能晒太阳,对许多物质都过敏,所以,父母不允许他随便出门,为了看护他,母亲辞去了工作,父亲则兼着好几份工作,终于,在他十五岁这年,父亲凑齐了一笔钱,带他来到了医院。

从医院回家后,他不再盯着那面阻隔阳光的墙,他喜欢上了读书,他让母亲为他买来很多书,没日没夜地看。后来,有一天,母亲惊奇地发现,他在一个小笔记本上写下了很多字。母亲惊喜地看着那些字,怔怔地掉下泪来,多久了,他没有和母亲说过一个字,但是,这些如蚁群般密密麻麻的字预示着,他已经有了表达内心的渴望。

一年之后,那些蚂蚁般坚强的字第一次变成了铅字,接下来,署着他名字的文章开始大量出现在了一些报刊上面。

时至今日,母亲仍然为他留着那些笔记本,上面的字不算很美,但是很有力量,它们像蚂蚁一样意志坚强,带他从人生的冬天走到了内心的春天。

是的,那些奇妙的方块字帮他找到了春天,仍然无法感受春天温暖的他曾在一篇文章中感叹,原来这个被春天遗忘的角落竟能够自行孕育出一个春天。

是啊,无论多么明媚的春天,总有一个角落让它视而不见,那是个缺失温暖的地方,也是个孕育温暖的地方,因为,那个角落里的生命知道,那个属于他一个人的春天,就藏在自己曾经冰封的心里。

谁懂

高宗飘逸

但凡有感情的人，似乎倾其一生都在寻找那个懂他之人。

某年中秋，汉阳江口，风浪过后，云开月出。伯牙鼓琴弹曲，弦断遇知音，见到了柴夫钟子期。伯牙将其邀于船上，弹奏《高山》《流水》，得到了钟子期最精准的点评，从此两人结拜为兄弟，约定来年八月十五再相会。次年中秋，伯牙得知钟子期染病身故，葬于江边以听琴，伯牙凄楚弹奏《高山》《流水》，慨叹"世再无知音""乃破琴绝弦，终身不复鼓"。对伯牙而言，钟子期无疑是最懂他的人。

管仲和鲍叔牙一起做生意，管仲总是投入少得到多，有人看不惯，鲍叔牙却说："他家困难，他比我更需要钱。"两人一起充军，冲锋时管仲总是落后，兵退时却冲在前方，首领想要杀掉管仲以儆效尤。鲍叔牙为他辩解："他家有八十多岁的老母无人照顾，他这样做是为了活着尽孝道。"管仲听了，哭着说："生我父母，知我鲍叔牙矣！"对于管仲，鲍叔牙绝对是最懂他的人。

每有烦心事，古人都会到寺庙进香，将所有烦恼统统向佛祖倾吐，佛祖盘坐于金莲之上，双唇紧闭，面露笑容，左手拈花，右手捻成兰花指。人们诉说完毕，再见佛祖，佛祖仍拈花不语。人们顿悟，高高兴兴地走了。原来，对百姓而言，佛祖应该是最懂他之人。

其实，这个世界上究竟有几人能真正懂你？

钟子期，只是悟得伯牙的旋律以及弦外之音，而并非懂得伯牙的全部理想与志向。

鲍叔牙，也只是对管仲多了几许宽容和理解，并能慧眼识人。

佛祖，也只是懂得学会倾听，等到人们将心中积蓄已久的苦闷释放，再看他拈花的手指以及淡淡的微笑，自然会顿觉轻松。

从生到死，究竟谁才是那个懂你的人？而你是否也是懂他之人？

钟子期死后，伯牙伤心欲绝，荒于事业，引得妻子不满，伯牙叹息："同床之人，却不如子期了解我，天之大，知音难觅呀！"一日，伯牙至子期墓前，其妻追至，抚琴弹奏，正是《高山》《流水》，时而惊涛拍岸，时而流水淙淙，伯牙从未见过妻子弹琴，更不知她的琴艺已远超自己。曲终人静，妻子说道："天下不只子期一人，也不只伯牙一人。知音难觅，实为心难觅矣！"可见，妻子也懂伯牙，而伯牙不懂妻子。

管仲辅佐公子纠，鲍叔牙辅佐公子小白。最后小白登上宝座，被称为齐桓公，他决定封鲍叔牙为宰相，鲍叔牙却推举管仲。齐桓公大惑："他是你我仇人，为何荐他？"鲍叔牙解释道："他当时辅佐公子纠，可见他的忠诚，要治理国家，非他莫属！"齐国在管仲的治理下兴盛起来，成就了齐桓公"九合诸侯，一匡天下"的霸业。齐桓公问管仲："你死后谁能辅佐天下？"管仲连提三个，齐桓公疑惑："为何没有鲍叔牙？"管仲才说鲍叔牙是第四人选。管仲道："我说的是能辅佐天下之人，而非最感激之人！"鲍叔牙懂管仲，管仲也懂鲍叔牙，而齐桓公却不懂二人。

拜佛之后，人们如若再遇烦恼时，仍旧来佛祖前祷告倾诉，却见佛祖正躬身在自己的佛像前虔诚参拜。人们大惊，问："佛祖为何拜自己？"佛祖仍一以贯之地拈花一笑，不言不语。谁知佛是否懂人，人一定不懂佛也。

懂你的人是否真的存在于这个世界上？并且刚刚好你们在对的时间相遇？

出生时，以为父母懂你，怕你冷，棉衣覆身；怕你饿，将奶头堵住正在哭喊的嘴，但也许你恰恰因为热和胃部饱胀才大哭大叫。小学时，以为老师懂你，怕你基础不牢，一遍遍领你读，一遍遍领你写，殊不知你对此早已厌倦。中学时，以为学友懂你，带你一起去河边嬉戏，一起去偷摘桃子，殊不知你最怕的是水，那桃子恰是自家爷爷栽种。大学时，以为男（女）友懂你，看到你

哭,为你擦眼泪;看到你笑,为你扇扇子,殊不知你哭是因为偶然想起分手的前男(女)友,你笑是因为你在笑面前这个男(女)友的憨样。婚后,以为另一半懂你,工作离家,互致一声路上小心;回家,围坐在电视前,一人一个手机上网聊天玩游戏;深夜,上床安睡,却常常同床异梦。年老后,以为儿孙懂你,不远千里去看望他们,他们带你到高级餐馆吃饕餮盛宴;当你卧床不起,为你高薪请来超级保姆,殊不知你最喜欢吃的却是自家锅里熬煮出来的饭菜,亲人的一句安慰足以抵过保姆的贴身照顾。

芸芸众生,疼你的人很多,但真正懂你的人,却凤毛麟角。即便真的遇到了懂你的人,他此刻懂你,下一刻也未必懂你;下一刻懂你,未必时时刻刻懂你;懂得了你的眼神,未必懂得你的心,懂得了你的心,未必懂得你的全部。

懂你,是缘;你懂,是慧。

人的一生,如若真正遇到那个懂你之人,可谓千载一遇、千古善缘,哪怕千山万水,望君千万珍惜。

秋夜碎影

禾　源

一

月亮点到村子的上空,村子里的活物,回屋的回屋,归埘的归埘,把自己的影子干干净净地收拾到各自的巢穴中。

村头风水树成片的影子像一堵黑墙守住村口,村尾的碓房临水依岩,那块黑影则如哨所坚守;架在东西两墙间晒衣被的竹竿五步一根,十步一条,晒下的横影在村弄中架上层层栅栏;村弄的拐弯处搁着大捆的柴薪布下矮墩墩依墙的黑影又如岗哨。于是活物的影子在夜里没有特殊决不轻易离巢离窝。当时我怕走夜路,大概我的影子也近似于许多活物的影子。

二

"咦——呀——"一声关上大门,三家厨房里的油灯相继提到了厅里,老屋的厅堂亮了许多。吃完晚饭,大人小孩聚到厅堂,聊上一阵,这是我们家的规矩。三盏灯随意搁着,一个人就有三个影,当然许多影子是相互重叠的。我和堂弟一起左看看右瞧瞧,辨认着哪一个是爷爷的,哪一个是叔叔的,辨不出来就推着他们身子,想这样区别影子,可他们总故意使上劲让我们推不动。

七叔公看着厅堂里的人都有着吃饱的满足,常会说上一句:"来!把三

盏灯集中起来,我变个把戏给大家看。"父亲和叔叔知道七叔公的把戏是什么,就自觉地移动了座位,让出一块厅边板壁。七叔公坐到灯前说:"大家看厅壁上,什么动物影子跑到我们家壁板上。"我们齐声说:"是兔子,是狗,是老鹰。"随着七叔不断地变换手势,许多动物欢聚而来。姐姐也加入了,壁板成了动物影子的乐园。我们也跟着学,才有几分像。灯,提走了一盏,两盏,三盏,大家散伙了。

三

村头柿树掉光了叶子,稻谷都进仓了,地瓜被刨成一条条晒成地瓜干儿,米也进了仓。爷爷叫我提着灯照着他进仓看看,只见他的影弓到了粮仓底下,我的影子好像骑在他的背上,随他影子慢慢地升高,我的影子被拱没了。爷爷自言自语:"今年天气不错,按理能多分些口粮,怎么跟去年一样,粮仓的闸板也是十块,看起来还得吃上两个月的杂粮。"影子中的手比爷爷的手长了很多,抓起几条地瓜米扔进嘴巴嚼了起来,一会儿又捏起谷粒,送到嘴里。"粒还饱满,地瓜米还甜",这声音轻得像是影子发出的。我仔细地辩听,知道自己的影子一直重在爷爷的影子上,爷爷看着粮舍不得走开,重重的影子像是要给粮仓的闸板贴上封符。我不希望是这样,提着灯再三催促,才让爷爷的影子挪走,为粮仓启了封。

四

晚饭时我的影子总身首分离,整个头埋到了碗中,直到母亲要收拾碗筷了,身首合一,影子才完整地离开饭桌。一天晚上父亲叫我少吃些饭,等月亮上来时带我去参加一个小聚餐,姐姐听了也放下手中的碗,说也要去。母亲嘟嚷着:"晚上小孩子不能出去的!"姐姐盯着我看。母亲说:"弟弟是男孩,男人影大,才能出去!"

我本来还在想着月亮出来后聚餐的美味。鸭子的头、脚、尾、翅炒大蒜，香着；鸭子的下水煮汤又用地瓜粉拌上，像春天田里孵化蝌蚪的藻块，脆着；和着鸭子汤焖出的糯米饭，再添上一两块鸭肉，太可口了。可母亲一句男人影大，让我立即伸手抹去嘴角的口水，看着自己的影子和姐姐的影子。

我从天井里看到天上的月亮，就催着父亲出发。到了村弄，我和父亲并排地走，父亲的影子比我的影子长出了一截。

我说了声："我的影子哪会大！"

父亲说，尽管很小也比女人大，男人是天下物，女人只是门后扫帚。我不全理解父亲的话，只因为有父亲的影子一起，那天晚上我的影子才不怕村弄中别的影子。

五

父亲和叔叔都去生产队开会了。母亲叫醒我，月光从天井正照下来了，我站到天井边看月看影，月光照多深，我的影子就多长。晚上我影子是真的长大吗，要在夜里出门。

妹妹发了高烧，母亲让我去医疗站叫村医。

我知道，若只是头疼肚子痛，母亲不会让村医来看。肚子痛，母亲说是肠打结了，她搓搓手伸到痛者的肚子上从下往上用力搓着；或说是虫子作祟，给一汤匙醋；或说是吃慌噎了，烧块鸡肫皮灰冲开水咽下；若是头疼，她嚼上一口茶叶，拿条破布绑到头上。即使是白天也是这样治着，于是这些情况忙的只是她的身影，我们的影子是不要出门的。

这回她又是吸又是搓，比以前更努力，可妹妹的高烧就是不退，只好叫我去请村医。我让姐姐陪我。

能看见影子的地方我们不那么怕，可是有一截路要穿过一座破房屋，这时看不到影子。我争着走前面，姐姐也争着要走前面，只好两人拉着手一起跑着过去。

村医看我和姐受惊吓的样子，摸着我头说："没什么好怕，天底下人是最大的，别的东西都怕人。"可我还是会怕，直到长大成人，到公社所在地念书了还会怕。

那也是一个秋夜，迫于无奈我让影子相伴走了长达九公里的夜路，校长说："接上级通知明天全校师生参加农田基本建设大会战誓师大会，接着一周参加平整土地，不许有任何人请假，寄宿生晚上回家拿米和菜，明天八点半赶回学校，九点参加大会。"

一路上我把大人们那些壮胆的话一次次翻出来安慰影子，可就是不见效，觉得风声怪，树影也怪。只能拼着命走走跑跑，跑跑走走。到了家里冷汗和着热汗湿透了毛发。

姐姐对着向我递姜汤的母亲取笑说："还说弟弟的影大，大概影大胆小，你看他吓成什么样子，连影都丢了吧！"

母亲骂了姐姐："你放屁，影子怎么会丢。"她一边拍着我的胸膛，一边念着"我儿三魂七魄随身随影归来哟"。

六

城里黑夜和白天一样热闹，大概人多影杂，二十多年了，我没有关心影子的事。像笋要长成竹一样，只是一个劲向上长，没有俯瞰过蜕在身边的壳。一旦成了竹就低下头感念着哺育自己的那块土地。这二十多年对于我大概就是笋长竹的经历。近几年我喜欢在秋夜月下走到郊外和影子相伴，也许我这笋长成了竹。

我的骨子里流着恋旧的骨髓，好几年了，月下看影都是在城西通往普照寺那条路上。这条路从环西大路边东折斜斜引向山垭，再由三垭口折回西行才到普照寺。晚上很少人在这里走动，因为这方人信奉"晨不咒人，夜不近庙"，虽说是寺院他们也不喜欢亲近，于是小路的静幽让我独享。

我不仅仅只因为它宁静而倾注情感，更主要的是在月光下背城向山垭口极目远望时,不是峰阻树挡,而是境界开阔,整个感觉垭口下是茫茫沧海,得此境地,影子有一种飞升的感觉。到了垭口虽然依旧见山峦重重,可此时山隐俗色,月染幽深,影子牵着我走在这黄土路上,身躯成了影子,一样贴地而行,好像听到大地脉搏:秋夜偶有的虫鸣,地下泉水的流音,路边茶树的风声……一样样都感觉得出来。

我舒展了心,把手举向天空去接月光,影子也就伸长了许多;我抒怀,把手展向四周去兜住清风,影子也就长大了许多。我安静下来,享受着这份宁静,影子一点不慌张,比我还安静。此时此境,我才觉得这影子真的长大了,在这里邀月与影相守直到下半夜也没有一点怕的感觉。父母的话、村医的话,说的应该是我现在的影子。

想起燕子

张 琴

五月的花开得好绚烂。

五月似乎是一个让人怀念的季节。

五一长假后的第一个周末,我接到了初中同学亚男的电话。他说已经联系到三十多位同学了,今天晚上在团圆宾馆迎松厅聚会。心不由得欢喜起来。

正如歌中唱的,再过二十年我们来相会。十年不见,岁月在我们的脸上刻下了痕迹。很久,我们注视着彼此,是那么的熟悉,却又喊不出彼此的名字来。

终于,我们紧紧相拥。

大家情不自禁地聊了很多,也不约而同地忆起了一个我们刻骨铭心的名字——燕子,想起了曾经刻骨铭心的往事。

是小丽先提起来的,我们那只折翅的燕子。

一天,很寻常,没有什么不同。六月的骄阳似火,没有人发现有什么不同。奇怪的是,上课铃响了许久,也没有老师跨进我们的教室,这在从前是从来没有过的。而且这堂课是我们的班主任林老师的,在林老师的字典里可从来没有"迟到"这两个字。

教室里很吵,同学们都在趁机说话,女同学聊精彩的电视节目,男同学侃精彩的足球比赛。

林老师进来了,眼睛红红的。半晌林老师都没有开口,嘴唇微微颤抖着。

"同学们,李燕住院了!她可能再也醒不过来了。"

一枚重型炮弹一瞬间震痛了我们每一个同学的耳朵和心灵。我们这才吃惊地发现,我们的小伙伴燕子今天怎么没有来上课。

先天性脑血管畸形,多么可怕的疾病啊!十万分之一的概率啊!怎么偏偏是她?而我们距离中考,已经一个月都不到了啊。

燕子才十五岁,爱笑,喜欢帮助人,学习又好。

我们惊呆了!第一次意识到生命的短暂与脆弱。一时间竟然不知道该说些什么做些什么才好!

后来才知道,好强的燕子面对着八十九分的英语考卷整整哭了一个中午。我们这才回想起,早晨燕子拿到考卷时,那是多么牵强的笑容啊!

对啊对啊,你们还记得她那个"狠心"的父亲吗?小刚激动地嚷嚷道。

燕子走时,即使已经没有了呼吸,心脏仍然一直不肯停止跳动,直到她的父亲出现在她的病床前。这是我们第一次见到燕子的父亲,不像是三四十岁年纪的人,倒像是一个老人了。我们去看过燕子很多次,却从没有谁看见过燕子的父亲。我们只知道燕子的父亲初中三年没有接送过一次她上学放学,没有来开过一次家长会。这个时刻,他眼含热泪跪在了女儿的床前,嘴里一个劲地念叨着:"娃儿,娃儿,你不要走,你不要走。"但是此时,燕子已经感受不到了,因为她的心脏也停止了跳动,只有那眼角的泪、唇边的微笑让我们知道,她在最后的一刻一定已经明白父亲是爱她的了。

我们时常和燕子开玩笑:"你一定是捡来的,要不,你的爸爸怎么不爱你?"

"谁说的?"燕子有些失落也有些生气。

"可不是,我们谁都没有见过你的爸爸,在学校、在你的家里都没有见过。"

第二次也是最后一次看见燕子的父亲是在她的葬礼上,黝黑的汉子不停地哭,很伤心。像个孩子一样号啕大哭,头发更白了,腰似乎也驼了。

可是燕子的母亲在不停地捶打他,只知道挣钱,家和女儿都不要了。

汉子不辩解,只是流着眼泪,一遍一遍叫着女儿的小名。

汉子的工友拦住了伤心欲绝的母亲:"大嫂,您有关节炎不能做事,现在孩子念书又这么贵,大李不多挣点钱怎么行。他每天晚上在工地上躺下时,都喊腰疼腰疼,疼还笑,说您和娃有指望了……"

小玫叹了口气:"还记得'小气'的岚姨吗?"

岚姨是我们学校门口摆水果摊的女人。没有人喊她作岚姨,因为她总是少给人的秤,有好几次秤杆都差点被人掰断了,我们都很是看不起她。虽然她待我们极好,还时不时拿好吃的"贿赂"一下我们,看我们的眼神也总是笑眯眯的,仿佛看见了自己的孩子那般讨好,可是吃完了东西是没有人再理她的。只有李燕喜欢一蹦一跳地跑到她的身边,亲昵地喊她作岚姨,却怎么也不肯吃她的水果。我们都是血气方刚的人,也自以为疾恶如仇。却没有谁发现,岚姨过早地老了。燕子说,岚姨不容易,我们常笑她同情心泛滥。岚姨这样的人也值得我们去尊敬去爱吗?

听说燕子住院了,可能再也醒不来,她哭了。再看见岚姨,小小的我们竟然能够理解她了,因为我们亲眼看见医院由于燕子家付不起医药费,准备停燕子的药了。

不过,一向小气的岚姨竟然一下子拿出了两百块钱,塞在了班主任林老师的手上。这让我们大吃一惊,要知道,她拿几毛钱买饼子充饥都要犹豫好半天的。岚姨的眼泪流得很凶。"我的孩子腿不好,治疗需要很多的钱,我知道没有钱的苦和难……"

不知道岳琪怎么样了?听说上交通大学留在了上海。"书呆子"岳琪一时又回到了我们的记忆里。

医生准备停李燕的药了,因为李燕家里再也拿不出住院的钱了。

老师流着眼泪给我们讲了燕子的情况后,所有的同学都流下了难过的泪水。燕子曾是那样一个讨人喜欢的女孩子。她热心助人,从没有和谁红过脸,再调皮的男生都会被她的善良打动,她甚至连只蚂蚁都不忍心踩死。我们决定捐款,我们是学生没有钱,就去翻储蓄罐,就去捡垃圾堆里的塑料

瓶。我们倾其所有。班上有一个叫璐璐的女孩子一个人就捐了三百多块钱,那是她自小积攒的全部私房钱。你五元,我十元,仅仅我们这一个四十余人的班级捐款就达到了一千多元。后来学校知道了这件事,就发动每一个教师、每一个学生捐款,但仍然是杯水车薪。

于是我们几个同学(我们不是班委会也不是校委会成员,只是几个普普通通的学生,只是燕子的朋友)决定去街头募捐。对于我们的行为很多同学先是表示不屑,学校也不赞成我们这样做。他们认为我们已经尽了心了,能做的已经做了,同学一场,也算是对得起燕子了。临近中考了,没有必要这样,会耽误复习的时间,弄得不好会影响中考成绩的。再说了,现在社会上骗子那么多,谁会相信我们的行为呢? 其实他们说得很有道理,但是用我们微弱的力量、全社会的爱心,如果能够挽救一个花季少女的生命,付出这么一点点又算得了什么呢?

我们几个好朋友决定去募捐,但是没有谁告诉岳琪。因为岳琪整个就是一个书呆子,除了学习还是学习,其他的什么都不关心。有同学问她题目,她的回答永远只有三个字——不知道;有同学喊她去跳皮筋她的回答也永远只有三个字——我不会。班上的事情她从来都不关心,她也没有朋友,只有李燕和她玩。不过,她好像也不在乎有没有朋友。

燕子住院后,她一直很平静地做习题,像往常一样。她啊,天塌下来,也只会当被子盖,然后在被窝里学习再学习。

烈日炎炎中,我们抱着捐款箱在淮河路的十字路口会合,没有想到竟然等来了书呆子岳琪。看着我们惊异的目光,岳琪哭了:"我不想失去这个好朋友,我想为燕子做点什么……"

聊得最多的其实还是我们一起走上街头募捐的故事。

难堪肯定是有的,走上街头,很多人斥骂我们为骗子,更多的人不等我们把话说完就说"我没有时间"便走开了。心真的是有一些冷,嘶哑的嗓子、真情的泪水,都打动不了行色匆匆的路人。烈日里我们竟然感到阵阵的寒意。终于有善良的叔叔给了我们十块钱,又有好心的大妈放进来五块钱,还

有一个小妹妹,大约只有五六岁的年纪,她哭着说,妈妈,这个礼拜我都不要吃零食了,您就借我十块钱放在大姐姐的箱子里吧。带着疲惫带着感激,我们一个中午募集到了三百多元钱。

下午放学后,有更多的同学加入到了我们的这个队伍。短短的三天里,我们募集到了两千多元钱,加上我们自己还有全校其他师生的捐款,大约有四五千元钱了哩。去看燕子时,燕子正昏迷着,但听我们讲了大家去为她募捐,祈求她早点醒来时,我们每个人都清晰地看见了燕子眼角溢出的泪。

我们的爱没有唤回燕子的生命,她在昏迷了七天后,还是永远地离开了这个世界。

燕子是含着眼泪微笑着走的。

是啊,我们这么多人都在真心地爱着燕子,想到我们的爱,即使在天堂里燕子也应该是绽露着微笑的,因为这人间有情,这人间有爱。

没有想到,十年相聚,我们回忆的竟然是这样沉重的话题,但是回忆让我们坚信这世间有爱,有真情,因为我们付出过,也感动过……

蝴蝶心，沧海梦

顾晓蕊

自从进入高中以后，她便感到了一种无形的压力，山一般压得她透不过气来。尽管她平时还算努力，成绩却始终平平。那年高考，她的分数刚够二本线，被省内一所中医学院录取。

这样的结果在意料之中，可是她心有不甘。接下来的路该怎么走？今后的日子注定平淡如水吗？想到这些，她心里感到些许的失落与酸涩。

"咱们出去走走，看看，放松一下心情。"儒雅敦厚的父亲走过来说。

他们沿着湖边漫步，岸边草盛花繁，到处一派生机盎然的景象。她无暇观赏，跟随父亲朝前走着，心情沉郁得能滴出水来。

湖面上，一只蝴蝶忽上忽下地飞着。清风拂过，吹皱了一池碧水。她倏地蹙起眉头，有些担心地望着蝴蝶，怕它美丽的翅膀被风吹折。

"这是一只勇敢的蝴蝶，它迎风起舞，姿态优美动人，"父亲说，"高考失意只是一个小小的挫折，并不意味着人生就失败了，你应该像蝴蝶一样，用梦想为自己插上飞翔的翅膀。"

相对于母亲的絮絮关爱，嗜好读书的父亲性情一向宁静、圆融而又有智慧。他的话似一缕阳光，驱散了她心底的阴霾，她满怀期待地踏进大学校园。

她原本性格开朗，爱好广泛，进入大学以后，经历了一次次华丽的蜕变。她成为校舞蹈队的主力队员、校园文艺晚会的主持人，还在大学生辩论赛上拿过头奖……当她从校园里袅袅地走过，会吸引众多关注的目光。

她的学习成绩依然平平，父亲打来电话问候，她调皮地自嘲道："我脑子里学习的链条可能生锈了,那就在别的方面多发挥专长吧。"

大三那年,她和几名同学作为学生代表,被选派参加暑假"三下乡"社会实践活动。那是一个偏僻的小山村,村民过着靠天吃饭的生活,他们当中很多人患有各种疾病,病情因得不到及时治疗而日渐加重。

看到医疗组的到来,整个村庄都沸腾了,前来看病的队伍排成了长龙。

她和同学们白天协助医生给村民义诊,晚上将村小学里的课桌拼凑成床。条件虽然很艰苦,可看到村民们的笑容,她心里会油然而生一种自豪感,有一件事更是深深地震撼了她。

有位村民的母亲患脑血栓后遗症有十年了,瘫痪在床,生活不能自理。随行的一位老师用针灸为她治疗,一周后老人的腿有知觉了,竟能扶着墙下地行走。中医如此神奇深奥,而自己所知甚少,这让她既脸红又懊悔。

这次公益活动后,她暗下决心要学好中医,为更多的人解除病痛。大学期间参加过的各类活动,培养了她不服输的性格,为了追回逝去的时光,她要付出十倍乃至百倍的努力。

她借来大量中医学书籍,如久旱的春苗般吮吸着知识的甘露。为了恶补英语,她多次利用假期只身一人去北京,报名参加培训班。听课之余,她虚心向别人请教,归纳出一套好的学习方法。经过一段时间的努力,她的成绩有了显著进步,最终顺利考取本校的硕士研究生。

随后的几年里,她除了上课之外,大部分时间在实验室度过。她愈发感觉到知识的匮乏,因而树立了更高的目标,那就是要考取中医学博士。这个想法一冒出来,连她自己都感到惊讶,简直有些像痴人说梦。

"有了梦想就要为之努力,你记住,过程永远比结果重要。"父亲的话打消了她的顾虑。

学校的图书馆、斑驳的树荫下,到处留有她捧书苦读的身影。她埋头于书本里,甘于寂寞,独自轻舞着、美丽着。人一旦沉浸其中,学习不仅不是一种负累,反倒成为一场美妙的心灵旅行。

又是一年五月,在这花香馥郁的季节,她以优异的成绩考取北京中医药大学博士。充满灵秀之气的古典校园建筑，腋下夹着书本来去匆匆的学者，当梦中的一切变成现实，她的心里盛满了欢喜。

她是纯真率性的邻家女孩，名叫芦晓帆。一个曾经的中等生，经过努力终圆博士梦，这个消息一经传开，在小区里引起了不小的轰动。

邻里们纷纷送上祝福，也有人调侃道："女孩学历太高，会不会不好找对象？"她爽朗地说："我和男朋友是大学同学，今年七月份就要结婚了。"这个美丽聪慧的女孩，宛若一朵晚开的花，却什么都没有耽误。

她还说要感谢父亲的鼓励，让她拥有了一颗蝴蝶心，飞越人生的沧海，抵达幸福的彼岸。提及将来，她显得不慌不忙，从容安然。因为她知道，无论她身在何处，背后始终有一双饱含支持的目光。

蝴蝶新娘

海清涓

一

披着洁白的婚纱,化着时尚的彩妆,徜徉在万紫千红的蝴蝶海洋里。米果的美,凄婉动人,惊世骇俗。

二

米果五岁,父母离异,米果跟妈妈来了这座西部小城。由于不会讲本地话,米果常被小朋友笑话和欺负。

有天幼儿园放学后,妈妈不在家。米果找不到小朋友玩,独自背着小书包坐在石块上,看那只在院子里飞来飞去的蝴蝶。后来,蝴蝶飞累了停在米果的花裙子上,米果一伸手就捉住了它。

米果正在仔细观察蝴蝶的翅膀,几个调皮的小孩窜出来抢走了蝴蝶。米果哭着喊妈妈时,一个瘦瘦的男孩出现了。他挥起拳头冲几个小孩吼:"她是我的妹妹,你们不准抢她的蝴蝶。"

几个小孩吓得扔下蝴蝶,四散跑开了。男孩对米果说:"我叫莫言风,今年七岁,住在对面三楼,你可以叫我言风哥哥。"

"言风哥哥,我叫米果,是从西安来的。"米果停止了哭泣和叫喊,怯怯地望着莫言风。

"果果妹妹,你长得比蝴蝶还好看,等一下,我给你把蝴蝶捉回来。"莫言风为米果抹去泪水,一转身就捉到了那只蝴蝶。

捧着失而复得的蝴蝶,米果露出两个小酒窝,开心地笑了。米果对莫言风说:"言风哥哥,长大后,我要带着漂亮的蝴蝶嫁给你。"

三

米果十一岁,上小五,十三岁的莫言风上初一。

两人虽不是同一个年级,但在同一所学校。每天早上七点半,莫言风会准时在院子门口等米果一起上学。米果是每天下午放学回家最晚的学生,因为,她要等她的言风哥哥。

米果和莫言风从不吵嘴,有好吃的两个人分着吃。米果有什么事都讲给莫言风听,莫言风有什么事也讲给米果听。

米果数学成绩不好,考试常常不及格,班主任和数学老师叫米果降级或转学。妈妈打电话跟西安的爸爸吵架,西安的爸爸说过一阵来小城接米果,让米果回西安去重读一个四年级。

米果不愿意离开小城,米果舍不得她心爱的言风哥哥。

西安的爸爸来小城的前一天下午,莫言风带着米果离家出走了。

两个十来岁的孩子,身上又没有多少钱,能走到哪儿去? 当莫言风领着米果在公园的花丛中捉蝴蝶时,被公园的保安发现了。

米果和莫言风被保安送回家,双方家长都没有打骂他们,而是各自紧紧搂住孩子放声大哭。

第二天米果去上学,莫言风对数学老师说:"不要让果果妹妹降级或转学。她很聪明,以后我来辅导她的数学,我保证期末让她考前十名。"

在莫言风的精心辅导下,米果的数学成绩果然有了很大的进步。期末,米果的数学考了前八名,老师还发了一张奖状给米果。

米果的妈妈感激地对莫言风说:"言风,你对我们果果真好,干脆你给果

果当亲哥哥。"

"不,阿姨,我要当果果妹妹的新郎。等果果妹妹长大了,我要捉许多蝴蝶跟她结婚。"莫言风一本正经地回答,让米果的妈妈好半天说不出话来。

四

米果十七岁,上高二。十九岁的莫言风上大一。

米果出落成了妩媚娇巧的亭亭美少女,莫言风也长成了英姿勃勃的翩翩美少年。假日里,两个人走在一起,会引来许多羡慕的目光。

班上有个爱写诗的男生喜欢米果,天天给米果写缠绵唯美的情诗,还用小刀把米果的名字刻在学校后操场的白杨树上。男生为米果写的情诗,全在报刊上发表了,男生对米果的那份狂热和执着,别说班上的女生,就连语文老师也感动不已。

可米果不为所动。米果那颗少女的芳心早在十二年前,就许给她的言风哥哥了。

写诗的男生乘了三天火车,找到在南京上大学的莫言风,要莫言风回小城在米果面前跟他决斗。莫言风很有风度地说:"我不会跟你决斗的,小兄弟,你回去好好念书好好写诗吧。"

写诗的男生说:"莫言风,你不敢跟我决斗,你不爱米果。"

随后赶来的米果说:"言风哥哥不是不敢,而是根本没有这个必要。我和言风哥哥已经相爱了十二年,你和他决斗,无论谁胜谁负,我选择的人都是言风哥哥。"

米果和莫言风相拥在一起,是那样自然,是那样和谐。写诗的男生撕碎所有写给米果的诗稿,痛苦但不仇恨地挥泪回了小城。

米果有些伤感,柔柔地说:"言风哥哥,这辈子,我只做你一个人的新娘。"

莫言风轻轻吻了吻米果的脸颊:"果果妹妹,到时候,我一定买两万只蝴蝶,让你做世界上最美丽的蝴蝶新娘。"

五

米果二十三岁,是婚庆公司的经理。二十五岁的莫言风是公安局的骨干警员。

虽然生活在同一座城市,但是为了工作,米果和莫言风聚少离多。

婚庆公司独创的放飞蝴蝶节目,成了婚礼上最亮丽的一道风景线,让米果赚了个脸红心跳。莫言风说米果与蝴蝶如此投缘,就不定前世就是一只光明女神蝶。

蝴蝶是米果和员工们自己饲养的,在婚礼上放飞的蝴蝶,还能飞回到公司的饲养场,真是一本万利。蝴蝶的生存环境广泛,饲养起来很方便。只要有蝴蝶适应的气候、植物、食物等生活环境,蝴蝶就能大量地生长繁殖。

不到三年,莫言风就成功破获大案要案二十八起,成了小城人最喜爱的警察之一。前年被评为十大杰出青年,去年被评为优秀警察,今年被提升为分队副队长。

双方父母多次催米果莫言风结婚。米果和莫言风商量过后,决定把婚礼定在国庆节举行。莫言风私下对米果说:"我们的婚礼上可以没有二十个客人,但是不能没有两万只蝴蝶。"

可是,在八月底,为了抓一个连环杀人凶手,莫言风身中两弹,光荣牺牲。临终前,莫言风嘴里一直在说:"果果妹妹……两万蝴蝶……"

莫言风牺牲后,米果把自己关在饲养场,整天不理人,与蝴蝶同吃同睡。

国庆节前夕,米果突然向亲友宣布:"我和莫言风的婚礼要如期举行。"

六

婚礼在莫言风牺牲的奇数山顶上举行。两万只蝴蝶围着米果和莫言风

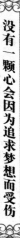

的照片,缠缠绵绵翩翩飞。

捧起两只梅花水晶眼蝶,米果喃喃地说:"你们是会飞的花朵,请你们飞到另一个世界,通知言风哥哥,让他来奇数山迎娶爱了十八年的果果妹妹。"

两个小时后,天空飘起了蒙蒙细雨,两万只蝴蝶伴着米果朝奇数山下漫漫飞去。

那一刻,半空缤纷。

棉花朵朵开

海清涓

一

九月的棉田，如画如诗，一个个成熟的棉桃，绽放出一朵朵白色的花。

杨欣梅把琳琳留在棉田边，将长发挽在头上，跟着几百名摘棉工人走进了棉田。

不一会儿，杨欣梅和几百名摘棉工就消失在茫茫的棉海中。

杨欣梅摘棉的动作比别人快了很多。一天下来，杨欣梅累得浑身都散架了。吃过晚饭，工友们嘻嘻哈哈地看起了电视剧，吹起了龙门阵。杨欣梅简单洗刷了一下，就牵着琳琳一头扎进临时工棚。

也许是太疲倦，琳琳一倒在床上就睡着了。蜷在床上的杨欣梅却难以入眠。看到琳琳那张楚楚可怜的小脸，想起四年没有消息的男朋友袁树生，杨欣梅的眼圈红了，酸楚的泪水，顺着她清瘦俊秀的脸颊簌簌而落。

二

认识袁树生那一年，杨欣梅十八岁，在一所重点中学读高二。

杨欣梅家住重庆某区，家境很好，父母在城里开了家大酒楼，独生的杨欣梅是父母的掌上明珠。杨欣梅的外语成绩不太好，父母希望杨欣梅以后能出国留学。为此，专门花高价给她请了一个教外语的家庭教师。

端午节那天中午,杨欣梅和同学在自家的酒楼吃了饭,逛了会儿商场后,在商场门口等出租车回学校时,一辆摩托车突然冲过来,后座上的男人抢起杨欣梅挂在胸前的手机,摩托车飞一般绝尘而去。

大白天抢劫,一群野强盗。杨欣梅和同学清醒过来,于事无补地追了几步,骂了几声,然后坐出租车回了学校。

第二天下午放学,杨欣梅骑着自行车回家,路上一个二十出头的男青年挡住了她的去路。

"你……你要干什么?"杨欣梅吓得脸都变了色,倒退了几步,她以为又遇到抢劫的人了。

"杨欣梅同学,别怕,我给你送手机来了。"男青年友好地笑了笑,从身上掏出杨欣梅昨天被抢的手机。

"你从哪里拿到我的手机,你怎么知道我的名字,你怎么知道是我的手机?"看到身边有人,杨欣梅壮着胆子问。

"昨天我跟工友吃完饭回来,看到你的手机被摩托车上的人抢了,我追上去让他们把手机卖给我。看到手机上有你的大头贴,手机里有你的姓名和学校地址,我就给你送来了。"

"你花了多少钱,我还给你。"杨欣梅接过手机,看到没有损伤,便客气地问。

"花了三百元钱,你是学生,你没有多少钱,不急,你可以慢慢还我。"

"看不出,你这个人,心地还挺善良,你叫什么名字? 你是干什么的?"

"我叫袁树生,在城里当建筑工人。"袁树生说完转身要走。

"我现在没钱还你,留下你的电话号码,等有钱了,我通知你来领。"杨欣梅身上有钱,但她没有拿出来,因为她对这个叫袁树生的男青年有了一丝好感。

几天后,杨欣梅打电话约袁树生出来拿钱,袁树生不肯收钱,杨欣梅就给袁树生买了两套打折衣服。袁树生穿上杨欣梅买的衣服,增添了不少帅气。杨欣梅不由心生爱恋:"人是桩桩全靠衣裳,你是个百分之九十五的帅哥。"袁树生有些不好意思:"你是百分之九十八的美女。"

杨欣梅的青春美貌吸引着袁树生,袁树生的正直善良打动着杨欣梅。就这样,高中女学生杨欣梅和进城打工的民工袁树生相爱了。

三

每天下午,袁树生都按时到学校门外来接杨欣梅放学,俩人在一起有说有笑,好像他们有永远说不完的话。

爱情是种奇异的植物,一旦播下它,就会在两颗心间疯长。袁树生和杨欣梅这对沉浸在爱河中的情侣,在不知不觉中,突破了男女之间的最后底线。

两个月后的一天,杨欣梅和袁树生依偎着在公园荡秋千玩,被父母撞见了。父母气得大骂了袁树生一番,当场拖起杨欣梅就走。回到家,杨欣梅被父母大骂并痛打了一顿,母亲哭着说宁可把她打死,也不准她跟袁树生在一起。

父母的过激打骂,没有挽回杨欣梅的心,反而坚定了杨欣梅爱袁树生的决心。她在日记里写道:今生无论如何我也要跟袁树生在一起。

最后,杨欣梅跟父母闹翻了天,学也不上了,跟袁树生私奔到乡下。

袁树生家里很偏僻,杨欣梅的父母来找了几次都没有找到。袁树生家里很穷,房子破破烂烂,父母都是老实巴交的农民,靠种庄稼过日子。杨欣梅跟袁树生在乡下过着日出而作日落而息、近乎原始的穷日子,却满心欢喜,浪漫恩爱。

三年后,杨欣梅生下了女儿琳琳。看到琳琳的第一眼,袁树生傻眼了,杨欣梅哭了。杨欣梅哭得要多伤心有多伤心。因为琳琳不是个健康的孩子,她有先天残疾,是个兔唇。

杨欣梅难过得几天没吃饭,袁树生也陪着杨欣梅饿了几天。杨欣梅常在梦中惊醒,醒来后,杨欣梅就抱着琳琳掉眼泪。

琳琳满一百天的早上,袁树生说出去找人借钱给琳琳动手术,就一直没有回来。

村里人同情杨欣梅,叫她带着琳琳回重庆找父母,杨欣梅不愿意,她是个倔强的人,她离开重庆时说过讨饭也不回家求父母。

杨欣梅这个城里长大的姑娘,带着琳琳在乡下种庄稼养猪。四年了,袁树生没有回来,连电话也没打一个。遇到村里人说袁树生不是死了就是变心了,杨欣梅总说她的树生不会变心,然后跑回家搂住琳琳哭。

兔唇手术动得越早越好,杨欣梅节衣缩食存了几千元钱,听说到新疆摘棉花一季能挣好几千元钱,多几千元钱,给琳琳动手术也就多一分希望。于是,杨欣梅带着琳琳,跟乡亲们一起到新疆摘棉花。

四

半个月后,东疆棉区的棉花摘完了,摘棉工又到新疆最大的棉区南疆棉区摘棉花。

让杨欣梅没有想到的是,来接他们的人会是袁树生。

树生!站在郁郁的棉田边,抱着熟睡的琳琳,杨欣梅仿佛在梦中。

四年前,为给琳琳动手术,袁树生放下自尊去重庆求杨欣梅的父母。杨欣梅的父母不但不借钱,反而对袁树生又打又骂,骂袁树生毁了他们女儿的一生幸福,骂袁树生没本事只能让女儿吃苦,骂只要袁树生在这个世界上消失,女儿就会回到他们身边。

从杨欣梅父母家出来,袁树生铤而走险去抢劫,被公安抓住判了一年刑。刑满出狱,袁树生没有回老家,他没有脸去见杨欣梅,他只身到新疆投奔了一个远亲。

袁树生给一家棉农打了一年工,挣了点钱,跟远亲合伙在新疆包地种棉。袁树生不敢回故乡,他是坐过牢的人,他怕杨欣梅看不起他。袁树生每天起早贪黑,春天种棉籽,秋天摘棉花,冬天开垦荒地,像头不知疲倦的牛。

因为只有拼命地干活,才会减轻他对杨欣梅母女俩的思念之痛。

"树生,你好狠的心,你把我和琳琳孤零零地留在乡下,你害苦了我和琳琳。"杨欣梅泪水滚滚,用脚使劲踢打袁树生。

"欣梅,你,你没有回重庆找你父母,你一直带着琳琳住在乡下?琳琳还没有动手术?"袁树生接过琳琳,心生生地痛,泪缓缓地淌。袁树生一直以为,杨欣梅回重庆投奔父母去了,动了手术的琳琳,一定是个漂亮女孩,杨欣梅也许已经重新爱上别人了。

杨欣梅点点头:"树生,我不回重庆找父母,就表示,选择了你,我永远不后悔。"

"欣梅,等琳琳动完手术,我们就正式去补办结婚证,我们的婚礼一定要请你父母来参加。"

杨欣梅惊慌地抢过吓醒了的琳琳:"不,我不回去,我父母不会原谅我们,他们恨死你了,他们要拆散我们一家人。"

袁树生在琳琳脸上亲了亲,琳琳挣脱杨欣梅的怀抱,怯怯地站到一边。

袁树生搂住杨欣梅,用手轻轻为杨欣梅擦拭脸上的泪:"欣梅,相信我,你父母是因为太爱你,才强烈地反对我们在一起。只要我们真心相爱,诚心向他们认错,看在我们有了琳琳的份上,他们会心软的。"

"嗯,我们的爱情应该得到父母的谅解和祝福,才会完美和久长。"杨欣梅像小鸟一样,紧紧偎依在袁树生怀里,柔柔地说。

阵阵清风吹过,一望无际的棉田,洁白的棉花朵朵开。

他停留在我的青春记忆里

张琴

冬日的阳光给人的感觉总是特别温暖,冬日的午后,在暖洋洋的阳光下捧一杯清茶,回忆就会如一条鱼游到你的脑海中。

若彤眯缝着眼睛,仿佛看见那个穿着白色 T 恤蓝色牛仔裤的男生——子明,笑盈盈地走向自己。

那时候,还有留级生,所以虽然同在一个班级——高二(5)班,但是若彤只有十六岁,而子明却已经二十五岁了。

子明是桀骜不驯的,在学校里是出了名的捣蛋分子。

最典型的案例就是常常在刺骨的冬日里恶作剧:会把一大团雪放在门框上,等老师推门而入时,给他个"惊喜"。随着子明流里流气地怪叫"请君入瓮",冰凉的雪哗啦一下砸到他的头上,班上一阵哄堂大笑。每次听到历史老师的尖叫,若彤总是会把愤怒的目光投向子明,她知道子明是故意的,而且做的那个雪球超级大。

十六岁,正值花季,爱情的野草在冬日的暖阳下疯长。其实若彤自己也不清楚是什么时候喜欢上历史老师的,只知道自己在他的课堂上分外欢喜,看见他明亮的眸子心会莫名的舞蹈。历史老师很有才气,那么枯燥的知识能被他讲得那么生动活泼,以至于班上同学最喜欢上的课不是音乐不是美术不是体育,而是他上的历史课。每个星期他那唯一的一堂历史课成了她甜蜜的等待。

历史老师风度翩翩,方正的脸庞、透亮的眼睛、高挺的鼻梁、优雅的下巴,以及上课手舞足蹈时好像要飞起来的乌黑而浓密的头发,让他显得非常儒雅,虽然略显清瘦,身影却总是笔直笔直的。

听说历史老师是从深圳追梦回来的,他爱的女孩爱那个城市的灯红酒绿、纸醉金迷,而留在那个城市的代价是投入一个老男人的怀抱。于是他只有孤独地来到这座偏僻的小城,谁也不认识他的小城,二十世纪八十年代初的大学生,不得了的香馍馍啊,可是他只谋了教师的差事,说当教师清闲,可以做梦。做梦? 梦什么? 还不是梦那个心仪的女孩子。所以若彤每次送作业去办公室的时候,都会有意无意去看历史老师,每次,这个男人都在一根烟接着一根烟地在那里批作业或者发呆,她的心里就感觉说不出来的苦与涩。再看那张沧桑的脸,她的心里会有一个小小的愿望,就是盼望自己快快长大,去抹平那张忧郁的脸。

子明是学校里的"名人",大家可能不知道历史老师是谁,却不可能不知道子明是谁。他在校园里可谓是呼风唤雨的人物了。这个坏家伙臭名昭著、劣迹斑斑,三天没有他打架的消息就要算是新闻了。只是不知道为什么在若彤的面前,他永远都是规规矩矩的,连班主任老师苦口婆心的话都左耳朵进右耳朵出,倒是若彤一瞪眼他就立刻闭嘴了。最先发现这个秘密的是英语老师,所以建议若彤和子明做同桌,并且私下找若彤谈话,让她为了班集体多管管子明。在若彤的约束下,子明也确实安分了不少,上课时,要不睡觉,要不干脆就在外面打篮球不回教室。虽然大家都说子明是社会上的小混混,但他却也是有些道义的,因为他从来不欺负班级里的同学,还经常帮一些弱小的同学出头。

说起来,若彤曾经也是受益者。高一那年秋天,刚入学不久,学校就举行了热热闹闹的运动会,说是给国庆献礼。怯生生的若彤正在班里给运动员们写通讯报道,给他们加油鼓劲。二班的小混混钱瑜跑过来调戏若彤,还在她的脸上轻捏了一把,嘴里说着不堪入耳的流氓话。愤怒的若彤挣脱同学的拉扯,举起桌上还没有喝的那杯热水想都没有想就泼了过去,被泼了水的钱瑜一下子就叫了起来,冲过来就要教训若彤。若彤的眼睛都闭上了,可是只听见子明的声音:"这是我的马子,你别动她!"那个小混混就讪讪地笑:

"对不起,是我不好。"若彤的心一跳,有种小小的欢喜在心中沸腾,能够被一个男生保护确实是一件很甜蜜的事情。可是,子明看也不看她,大踏步就走开了。

十六岁生日那天中午,暖暖的阳光下,若彤坐在看台上看同学们和老师打篮球,那里面有历史老师矫健的身影,正奇怪怎么会缺少运动健将子明的身影,一个高大的身影瞬间挡住了视线。瞬间若彤有小小的晕眩,子明也不吭声,塞了个音乐盒给她就跑开了。盒子里,小小的天使在轻盈地舞蹈,发出优美动听的旋律。冬日的阳光真是温暖!

虽然还没有远到未来,若彤心里却知道自己的心里其实是喜欢历史老师的,那个莽夫子明只能是满足自己虚荣心的一颗棋子罢了。

若彤给历史老师写信,表达自己炽烈的情感,希望这个男人不要交女朋友,等自己快快长大。她把那信塞在他宿舍的门缝里,心"咚咚咚"跳得厉害。可是,那个男人没有回音,也没有什么特别的话语对她说,她有些失望。而当历史老师把那封信当着所有同学的面扔还给她的时候,她的脸窘得通红,真是恨不能找个地缝钻进去,羞涩的她,眼泪就流了下来。铺天盖地,班上所有的同学都知道这件事情了,可以想象,很快,其他班级的同学也都会知道的。看着他们看似遮掩实则明目张胆指着自己说说笑笑,若彤都快崩溃了,为自己的初恋,为同学的目光。若彤的眼睛里多了哀怨,也多了愤怒,所有这一切都是拜历史老师所赐。寂静的时候,被羞辱了的若彤甚至想过与历史老师同归于尽。

若彤从此在教室里沉默了,像个哑巴一样,从前爱说爱笑的她仿佛已经死去。一同改变的还有子明,不知道从什么时候起,他远离了篮球,远离了运动,更多的时候,沉默在那里静静地看书或者发呆。只是沉浸在愤怒和羞辱中的若彤没有发现这一点。不在沉默中死亡就在沉默中爆发。就在冬日最寒冷的那一天里,若彤趁着体育课教室里没有人,把一个超级大的雪团悄悄放在了门上,历史老师再次被砸个正着,愤怒的目光在教室里逡巡,没有人知道是谁。历史老师的目光在子明的身上停留,子明淡淡地说,不是我。

若彤得意扬扬地坐在座位上,甚至扬了扬头,挑战地看着历史老师。但是历史老师的眼光没有在若彤的脸上停留,甚至压根就没有看向她。历史老师说,找不出肇事者就要罚大家集体抄书。一片抱怨声中,若彤正准备起身,大声宣告是自己干的。暗暗地她把手伸进了口袋里,口袋里有准备了许久的水果刀,如果历史老师找自己麻烦,就死给他看。不料,子明却先她一步主动站了起来:"就罚我一个人吧,是我。"一只手伸进了她的口袋,紧紧握住了她拿水果刀的手。

若彤的目光和子明有短暂的相会,子明眸子里是一片了然,仿佛在说,我知道是你干的。若彤心虚地把头埋在历史书里,唯独在子明面前,她不敢那么理直气壮。

因为是再犯老错误,所以历史老师建议学校给子明处分,子明在一片叹惜声中,接受了惩罚,并主动退学。他悄悄塞给若彤一张字条,写着——放爱一条生路吧。看见子明空荡荡的位置,若彤心里有种说不出的滋味。再见子明时,是在病房里。原来,就在自己被揭露爱恋历史老师的同时,子明因为晕倒平生第一次进了医院,这个高大健硕的男人被检查出心室那里有一个洞。他也是不想让若彤知道自己的病情,才因为那一个处分主动退学的。苍白着脸,子明对若彤说,我给你最好的爱,就是,不再爱你,放爱一条生路,你也放过他吧。若彤知道子明说的他是谁。子明还说,知道生命在倒计时,才觉得生命中可贵的东西太多,只是自己没有好好珍惜。最遗憾的就是,生命即将终结,却没有好好爱一场。若彤的眼泪流了下来,俯下身来,深吻了子明的额头跑开了。

她去理发店里剪去了引以为傲的那一头长发,养了十六年,从未剪过的长发啊。咔嚓咔嚓的剪刀声中,若彤闭上了双眼,任凭冰凉的液体从眼角滑落。从此,蓄发为子明!可是,忏悔没有挽回子明的生命,在一个寒冷的冬日里,他还是静静地去了。

想着子明的话,放爱一条生路,再见历史老师竟然没有了怨恨。规规矩矩念书,考大学,上班,结婚生子,日子安逸得竟然忘记了那段初恋,还有历

史老师的模样。

后来，才知道，其实是因为父母发现了自己的异常，所以去了学校领导那里，给了历史老师压力，说他不自重，勾引班上的女同学。这可是让人受不了的罪名，为了表示自己的清白，历史老师才把那封信扔到若彤的课桌上。事情发展到这一步，父母也很后悔，毕竟这关系到女儿的声誉。而且，女儿的性情也孤僻暴躁，想来，这一步真的是走错了。父母常常感慨。这时候，若彤就会想到子明的话，放爱一条生路。

日子过得平淡而幸福，渐渐地，心里的子明也渐渐远去了。

昨天晚上，若彤正在书房里准备明天给领导讲话的资料，忽然听到"哗啦"一声，七岁的儿子点点拖出了一个满是灰尘的大箱子，正把里面的东西往外倒呢。这个音乐盒发出的声音真好听——不等若彤尖叫，点点已经把它打开了，而且用手揪天使的耳朵。若彤一把夺了过来，也许是太用力了，竟然把儿子的手给抓破了。"干什么，又不值钱，给儿子玩玩不行吗？至于发那么大火？"男人听见儿子的哭声急忙冲进来，问清缘由后不由得嗔怪道。"要你管！"若彤喊，眼泪差点掉了下来。这里面的纽扣、银耳环、音乐盒……其实都是子明送的，一直想扔，却总是舍不得。除却巫山不是云，此情只能成追忆！

原来，子明一直没有远去，一直在自己的心底生根，只是自己不自觉而已。放爱一条生路，其实也是放自己一条生路！恍然间，子明又笑盈盈地站在自己身边，在耳畔轻声说话。

冬日里，暖阳下，若彤眼角又是一片濡湿……

会道歉的不倒翁

侯秀红

董跃是雷震班上的孩子，别看他刚读初二，身高已经超过了一米八〇，比雷震还高出了五厘米。然而董跃的优越感远不在此，最主要的是他有一个当教育局长的舅舅。他舅舅常常坐着他那辆黑色帕萨特到董跃就读的城关中学来巡察，城关中学的汪校长这时候总是鞍前马后、跑进跑出地忙碌着。不曾想，汪校长的这一举动，很是被小小年纪就出落得人高马大的董跃瞧不起。董跃说，一见到顶头上司就点头哈腰的，真丢人。

那么对于汪校长手下的那一帮老师们呢，董跃更是有点儿不屑一顾了。

这不，董跃的数学测试考了个不及格，教数学的刘俐俐老师还没有说他几句呢，董跃就把数学卷子撕碎了甩在了刘俐俐的脸上。

刘俐俐对着五十多双眼睛，面子上实在有些过不去。

这一幕全被董跃的班主任雷震收在了眼底。雷震让上体育课的孩子们解散了队伍自由活动，就急急忙忙跑进了教室。

雷震说："董跃你过来。"

董跃只是抬起眼皮瞅了他一眼，身子一动都没有动。

雷震又重复道："董跃，你过来！"

董跃懒懒地说："关你什么事，真是狗拿耗子！"

雷震走过去一巴掌甩在了董跃的脸上，声音清脆而且响亮……

当汪校长慌里慌张地走进教室来的时候，董跃的鼻孔里正滴滴答答地流着鼻血，轰轰烈烈地渲染着它的悲壮。

汪校长铁青着一张脸，连忙吩咐校医带着董跃去了附近的市立医院。

汪校长对此很是气急,他对着雷震大声地吼道:"再怎么着董跃也还是个孩子,你三十多了就和个孩子一般见识呀!"

汪校长马不停蹄地召开了校委会,研究对这次体罚学生事件的处分决定。二十分钟后,"处分"出炉。

因为这次事件,受到处分的一共有三个人:汪校长、刘俐俐和雷震。汪校长和刘俐俐记大过一次,雷震由于是"主犯",受到的处分则要严重得多。除了停职反省、停发绩效工资,还要面对面地向董跃同学赔礼道歉。

董跃其实并没受什么重伤,他半路上摆脱了校医,在水龙头上把有限的几滴鼻血冲洗干净,又若无其事地上课去了。

当雷震气宇轩昂地当着全班同学的面向董跃表示歉意的时候,董跃跷着二郎腿坐在座位上,神情傲慢得像个得胜回朝的将军。

雷震双拳一抱:"亲爱的董跃同学,我雷某人为自己刚才的鲁莽行为深感不安和愧疚,希望您老人家大人有大量,高抬贵手,放过小的一马。"

教室里先是一片寂静,接着便爆发出一阵哄堂大笑。笑声一浪高过一浪,汪校长在突如其来的欢声笑语中气得直哼哼,董跃则脸色红红的,不知道应该兴奋还是应该伤心。

停职反省了,雷震倒落了个清闲自在,还给了他浑身的轻松。在家待了两日,最先急得抓耳挠腮的竟然是汪校长。第三天吃完早饭,雷震刚打开电视想看一场篮球比赛,汪校长就在电话里急匆匆地说:"雷震,你现在马上来学校。"

雷震说:"我不是被停职反省了嘛,还去学校干什么?"

汪校长说:"给你一根鸡毛你还真的当令箭了,你回家自在去了,留下这一大摊子事情,难道让我替你扛着不成?"

雷震打的赶过来,把发票往汪校长跟前一送,绷着脸色不说话。

汪校长像是跟他较上了劲似的,只是紧锁着眉头吸着烟,来了个徐庶进曹营——一言不发。烟头上放出的光很暗淡,明明灭灭地隐藏在一片浓雾中。

雷震倒有些不自在起来，他想，麻烦是自己惹来的，在汪校长面前再神气活现地耍一些小脾气，实在有些说不过去。他又把那张十几块钱的发票收回来，当着汪校长的面撕碎了。雷震本来就不是一个小气的人，平时大大咧咧的整个儿一个马大哈，要不然也不会因一时的匹夫之勇，结成今天这样难以下咽的苦果。

汪校长是受了雷震的牵连的，他的处分说起来也实在冤枉。不过谁叫他是一校之长呢，他管辖的一亩三分地上出了事儿，就得由他担当。况且这处分还是汪校长自己处分自己的，说白了也就是摆个姿态给局长看的。

哪知局长并不领情，他又一次来到城关中学的时候，对着汪校长就是一顿狠批猛训。局长说："自古以来就是'民不告官不纠'，像你们这样弄得兴师动众的，难道说董跃的家长到学校来找麻烦了？还是董跃被揍出什么毛病来了？一个耳刮子能有什么大不了的，阴沟里还弄翻了船不成？都把处分给我撤销了，太不像话！"

局长还紧紧地握着雷震的手，久久没有松开。他接着说："董跃这小子，就是欠修理。该揍就得揍，还反了他不成？"

雷震听了局长的话，内心里像是打碎了五味瓶。酸的、咸的、苦的、辣的都有，唯独缺少一种甜味。他搞不清楚，局长到底骂的是董跃，还是他雷震。

雷震说，是福不是祸，是祸躲不过。这话当然是雷震说着玩的，谁也不会当真。但第二天一大早董跃就跑来向他告别说："承蒙雷大哥成全，自己才得以逃出城关这座'魔窟'。"

雷震听了，确实吃了一惊。他问董跃："董老弟你这是要去哪里高就啊？"

董跃说："我转到实验中学的实验班去了，课余时间顺便到程翔大哥的武馆里切磋切磋，他当我的专职教练呢。"

程翔和雷震是大学同学，这些年两个人同时参加了大大小小数十次比赛，每一次雷震都是人家的手下败将。董跃想必是把他雷震的家底都打听清楚了，欲要来一个卧薪尝胆吧。

想到这里,雷震的心头就涌起了一阵悲哀,董跃这是在向自己宣战吗?当时雷震正端着一盆君子兰要往太阳底下送,那花盆是红色烧陶的,质量还算不错的。雷震猛然提起一股真气,两手用力一挤,只听嘎嘎吱吱一阵响,花盆就变成了若干块碎陶片,洋洋洒洒地散落到地上。

董跃倒吸了一口凉气:"雷大哥,好功夫!"

雷震说:"小子,学着点儿吧。"

雷震弯腰拎起那棵可怜的君子兰扔向墙角的时候,董跃早已跑得不见了踪影。

雷震转过身来马上打电话给程翔,问他的武馆里最近是不是又招收了一批高徒。

程翔说:"你这不是明知故问嘛,我的武馆不收高徒你让我喝西北风去?哪像你们公办学校,小孩子上个学还得求爷爷告奶奶的,拜一大圈子。"

"少扯皮,我就问你,这几个人里面有没有一个叫董跃的?"

"董跃是主角,这次报名的十几个孩子都是董跃张罗来的,人家口口声声说要找你报那一掌之仇呢。"

"嗬——看他的能耐!"雷震的不屑一顾是显而易见的。

"你三十多了就和些孩子一般见识呀!"

"又是一个标准的汪校长!"雷震不无挖苦地说。

"在我的武馆里我就是老大,你愿意不愿意过来跟我一块儿干?眼下我的武馆里正缺人手呢,想聘你过来当业余教练,待遇从优。"

雷震说:"让我去给我的'仇人'当教练,你这不是成心害我吗?"

程翔哈哈一笑:"这样你不就可以名正言顺地公报私仇了?天天让他们匍匐在你的脚下,要多爽就有多爽。"

雷震说:"得了吧,程大师兄,我知道你葫芦里卖的什么药,你不会是让我去给你砸招牌吧。"

"雷师弟,来句痛快的,干还是不干?"

"恭敬不如从命,不过我只是周末过去帮帮忙,什么待遇都不要!"

"一言为定!"程翔说完挂断了电话。

雷震来到武馆上课的时候,遭到董跃他们的集体抵触。董跃大声嚷嚷着说:"我们是冲着程馆长来的,中途换教练我们坚决不答应!"

程翔说:"雷教练可是全省的散打亚军。"

"我们要冠军,不要亚军。"

程翔把脸一沉:"我这里来去自由,不愿学的我不会勉强,现在就可以走人!"

董跃他们看到换人无望,也就乖乖地摆好了架势,热切地等待着雷震的指点。

雷震的目光里盛满了董跃早已司空见惯了的真诚,一招一式都显得很柔和。

雷震说:"习武之人如果能够做到以柔克刚,方算进入一种境界。快、准、狠,只是表象,凌厉是一把双刃剑。"

董跃听起来似懂非懂,做得却很认真。蹲起马步来宛如变成了一截子坚硬的榆木桩。雷震踱过来摸摸他的头顶说:"小子,有出息。"

董跃没有吱声,只是对着他憨憨地一笑,全然没有了往日坐在课堂上的骄横。雷震的心动了一下,他忽然有点儿喜欢董跃了。

没过几个星期,董跃已经能很流畅地打出几路简单的少年拳法了。雷震对程翔说:"师哥卖个面子给我吧。"

程翔爽快地说:"说来听听!"

雷震说:"免了董跃的学费,这小子是个习武的好苗子。"

程翔挠挠头皮,显得有些为难,他怕对董跃的那几个哥儿不好交代。雷震体谅程翔的难处:"就算是抵去给我的报酬吧。"

习武之人向来不计较得失,董跃就是性子野,本性还是不错的,经过调教还会好得多。

程翔说:"就依你。"

当程翔把这个消息告诉董跃的时候,董跃连连摇着头:"不能为了少拿

这几个小钱,就显得自己不仗义,学费该咋交还咋交。"

程翔笑着擂他一拳说:"你小子真不识好歹。"

董跃做个鬼脸说:"不敢,师傅。"

"要喊师傅就喊你雷大哥去,我可没教你一招一式的功夫。"

"是,师伯!"董跃说完就去练功了。

实际上,董跃在实验中学的实验班日子过得很辛苦。几次摸底考试过去,董跃就令那里的老师和同学对他"刮目相看"了。老师们怕他再拖后腿,都见缝插针地给他吃小灶,吃来吃去董跃就有些吃不消了,导致了严重的消化不良。

于是董跃开始怀念起城关中学来,他怀念那里的同学,怀念那里的老师,更怀念那里多姿多彩的课余生活,甚至连总是唯唯诺诺的汪校长他都念念不忘。

董跃再来武馆上课的时候,就把这些心事挂在了脸上,蹲桩的时候颇有些心不在焉,身体松松垮垮的,让雷震感觉很别扭。雷震一脚踹过来,董跃就软软地歪倒了。说时迟那时快,他那一帮子哥儿们呼啦一下就把两个人围在了正中央。有的还把拳头攥得紧紧的,摆出一副要拼命的架势。

董跃一个鲤鱼打挺立起来,大声吆喝着:"干啥干啥,该干啥干啥去,我跟雷大哥有事要商量。"众人听他这样说,又呼啦一下散了。

雷震被这帮孩子逗弄得哈哈大笑,他用手指轻轻地弹了弹董跃的额头问:"小子,什么事情有求于我? 说来听听。"

董跃伸出手臂挠了挠后脑勺,嗫嗫嚅嚅地说:"我……我想转回城关去上学……"

雷震正色道:"小子,你以为城关是你自己家的院子,想走就走想来就来?"

董跃说:"我这不是找你求情嘛。"

雷震回答说:"估计在我这里遇不到什么磕磕绊绊,至于其余的事和其他的人,你自己想办法去吧。"

"得令!"董跃兴奋地跳起来,围着雷震转了一圈儿后,跨上他的捷安特一溜烟儿地飞奔而去。

　　周一刚上班,雷震就去找刘俐俐,打算商量一下董跃的事。隔着窗玻璃,雷震看到刘俐俐正很高兴地摆弄着一个不倒翁玩具。雷震走进去,不经意地推了一下,哪知不倒翁是会说话的,它连连说了几声"我错了""我错了"……

　　雷震问:"刘老师童心大发了?"

　　刘俐俐说:"是董跃送的,原来的任课的老师每人送一个。"

　　雷震没有再说什么就退出了刘俐俐的办公室,心想,下一步该着手为董跃的归来准备一堂主题班会了。

不是谁都愿意做你的小厨娘

积雪草

一

那时候,我和莲心结婚已经三年,婚姻生活正处于三年之痒的敏感阶段。

有一天傍晚下班后,办公室里的德语翻译朱茵,下楼梯的时候不小心扭伤了脚,脚脖子一下肿得很粗,她蹙着眉头坐在楼梯上,我忙问她:"送你去医院吧?"她点了点头。她的脚却不能走路,我只好抱着她下楼去拿车。

她不是很重,五十公斤左右的样子,我把她抱起来,她的双手吊在我的脖子上,我忽然觉得窒息,她离我很近,身上若有若无的"一生之水"的味道,清新淡雅,令我迷惑,霎时间不知身在何处? 我想起妻子莲心,她的身上是永远也洗不净的油烟味,有时候夜里抱着她,我怀疑自己是在厨房里。

我低下头看朱茵,她红红的唇,饱满丰润,一朵含苞的花蕾,我有想吻她的冲动,朱茵丝毫不畏惧我的目光,看得我心慌意乱,我只好转过头,眼睛看着别处。

那天在医院里折腾到很晚,拍片子,做 X 光透视,确定她没有骨折之后,才敷了外用药,服了消炎药,顺便拿了一包药,又把她送回到家里,看看天都快亮了,她说:"别走了,在这儿凑合一宿吧!"

我摇了摇头,开玩笑道,不了:"我怕我会犯错误。"她听了莞尔一笑,有几分委屈,似乎又有几分纵容:"我当你是铁打的心肠,根本不懂浪漫这一说。"

　　我几乎逃跑一样逃离开朱茵,一直回到家,我的心绪还不平静,在车里坐了半天,吸了一支烟,我真的喜欢朱茵这个女孩,青春、阳光、敢爱敢恨,特别是职场上的专业素质,令我刮目相看。

　　我悄悄开了门,蹑手蹑脚溜回家里,我怕吵醒妻子,我怕跟她解释。从洗手间出来,去厨房喝水,灯却忽然亮了,吓了我一跳。原来她坐在厨房的餐桌旁边等我,桌子上是我平常爱吃的菜,看样子已经热了好几个来回,却并不曾动筷。她还是那样,不管多晚都会等我回来吃饭。

　　莲心并没有问我去哪儿了,和谁在一起,只是问我吃饭了吗。我说没有。她说,我去给你热一下吧。我忽然觉得她很虚伪,前天中午,她明明在街上看到我和朱茵在一起吃饭,可是回来后,她只字不提,并没有问我那个女孩是谁。她爱我爱到不吃醋?怎么可能?

　　我觉得如鲠在喉,很难受,便摇了摇头,但她还是执意要去热菜,我再也控制不住自己,对她吼:"我都说了不吃!"我伸手去夺她手里端着的盘子,不成想,一盘子的可乐鸡翅,在争夺中,哗啦一下掉到地上,盘子碎成了很多的碎片,她一转身,脚不小心踩到碎片上,立刻洇出一片红,她找到扫帚一语不发地收拾着。

二

　　她的隐忍令我觉得难受,更加想迅速逃离这个家。

　　当初她不是这样的,第一次遇到她,是在一个商务性质的谈判会上,她是一个优雅、睿智的女子,口齿伶俐,条理清晰,思维敏捷,直到把我逼到角落里,没有回旋的余地,脸上才露出恬淡的笑容。

　　那次针锋相对的谈判,我输了,输得一塌糊涂,输得心服口服,输得鼻尖上渗出了细细的小汗珠,但却对这个厉害的对手留下了深刻的印象。

　　她有一个好听的名字,莲心。

那时候她还不会做饭，十个手指修长、纤细、白皙，像雨后竹下冒出的嫩笋，不曾接受洗衣水和淘米水的浸染，我盯着她的手指看的时候，冲动得想捉过来，给她套上一枚指环。

后来经过我不懈的追求，她终于答应了我的求婚，梦想成真的时候，我把她的手捉过来放到唇边，轻轻地吻了一下，幸福得找不到北，从此过上了柴米夫妻的家常生活。

不知道从什么时候开始，莲心变成了一个恋家和热爱厨房的女人，一有时间就驻留在厨房里，打理那些汤汤水水，她的拿手菜是可乐鸡翅，凭良心说，真的很好吃，可是即便是大餐，天天吃也可能吃腻了，更何况一道可乐鸡翅？我有些不解，一个职业女性，怎么一结婚就沦落到厨房里呢，吃饭这样的小事可以出去吃或叫外卖，把时间都搭到厨房里，不值。

再下班回家，按住门铃的手有些迟疑，结婚三年，她像变了一个人，不修边幅，说话很大声，唠唠叨叨，说那些我听过很多次的话，像一个苦大仇深的更年期女性。

门开了，她站在门里，头发散乱地用一根橡皮筋扎在脑后，穿着一件宽大邋遢的大T恤，下身穿了一条花短裤，颈下围着脏兮兮的围裙，右手提着炒菜用的铲子，左手在围裙上来来回回地蹭，看到我，笑得没有分寸，露出嘴里两颗小龅牙。

从前我是那么喜欢看她笑，那两颗小虎牙，虽然没有巩俐的那么精致，可是我喜欢。现在看到她笑，我竟然忍不住说，哪天找个好一点的牙医，把那两颗牙修一下。她听了，笑容一下子凝在嘴角。

夜里，抱着她，闻着她身上的葱花味，竟然有睡在厨房里的错觉。

三

我开始喜欢在办公室里耽搁，下班了不肯回家，因为公司里来了一个年轻漂亮的女孩，是公司新招的德语翻译，她大方、能干、敬业，眸子里闪着职业女性那种特有的自信,给死气沉沉的办公室里注入了新的活力。

女孩和我握手的时候,嫣然一笑,落落大方地说,请多关照。我的心忽然嗵嗵跳了两下,那种久违的感觉令我心慌意乱。

我越来越频繁地加班,妻子莲心总是打电话问我回不回家吃饭,问得多了,我就不耐烦起来,在电话里对着她喊:"你自己吃吧,别老是问我,你烦不烦啊?"后来,她不再问我,不管我回不回家,每天晚上都做好二菜一汤,然后坐在餐厅里等我,凉了热,热了凉,常常我深夜回到家,她依旧坐在那儿,像一尊雕塑,一动不动。

她下班回来,总是先去超市,精心挑选上好的鸡翅,给我烧可乐鸡翅,她像做一项非常严谨的工作一样一丝不苟地做那道据说有独家秘方的可乐鸡翅,像喂她的宠物狗一样喂我吃东西,我的心中自然而然多了几分厌烦。

耽搁了许久,我们一直在冷漠中对峙,最终分居,是妻子提出来的,她终于下决心放我走,她没有哭也没有闹,我原来的担心完全是多余的,她冷冷地说:"留不住你的心,留住你的人也没什么意思,只是希望你过得比我好,找到你所谓的幸福。"

她依旧住在原来的家里,而我转身搬去了朱茵那里。临走那天,她给我收拾了几件衣服,非常简单,好像不是分居,只是出差。最后她把一瓶胃药塞进包里说:"记得吃,你的胃不好,不能吃生冷硬,别忘了,还有内衣,别忘了两天换一次。"

我不知道说什么好,坐在床边看着她收拾,我想好了,只要她说,你别走了,留下吧,我就留下不走。尽管此前我曾多次幻想着离开这个黄脸婆,过一种全新的生活,而这种新生活只有朱茵能够给我,可是真的盼到了这一天,我竟有些犹豫不决。

最终,她还是掉了眼泪,为我的绝情。我也掉了眼泪,为她的通情达理。但眼泪却阻止不了我的脚步。

四

我和朱茵同居了，年轻的女孩多半不喜欢下厨，朱茵也不例外，她怕油烟熏坏了漂亮的脸蛋，她怕身上沾染上难闻的油盐味。我们很少在自己家里做饭，大多数时间一起去饭店里吃，我们俩的工资即使天天在饭店里吃也花不完。朱茵不喜欢洗衣服，她怕长长的指甲洗衣服洗花了，外衣大多拿到干洗店里，小衣物统统丢进洗衣机。

她的身上没有葱花味，只有好闻的甜香型香水味。我并不在意她是否下厨，男人和女人在一起，并不是为了吃东西，而是因为相爱。

朱茵喜欢我骑摩托车载她兜风，我喜欢女孩坐在我身后的尖叫，令我觉得很刺激。

有一次去郊外，在一段劈山路的悬崖边上，开满了金黄的野菊，她怂恿我爬上去采，为了博得心爱的女孩一笑，我真的爬上去采花，结果摔下来，右膝骨折。拍片子，做 X 光透视，不停换药，在医院里折腾了好长一段时间，终于吃厌了医院里的饭菜。忽然想吃从前妻子莲心做的可乐鸡翅，但却不敢对女孩说，只说想吃女孩亲自下厨烧的菜，一定非常香，怕女孩不答应，加重了语气，说得很诱惑，没想到女孩答应得非常痛快，我安慰地在女孩的脸蛋上捏了一下。

女孩回家做饭的时候，我趴在窗台上看外面的小鸟打架，目光渐渐落至街边行人的身上，一个女孩窈窕轻盈，穿着长靴，酒红的长发在风中张扬地飞，真的是她，我看着她进了街边的一家饭店里，我盯着那家饭店进进出出的客人发呆，很久。

女孩回来，我笑着问她："你给我做了什么吃的，一定非常香吧？"女孩笑着说："是可乐鸡翅，你尝尝。"我拿了一块放在嘴边，问是不是她亲自下厨做的吗，女孩点点头说是，问我好吃吗，我说好吃、好吃，脸上笑着，心里却在流泪，因为她骗我。

在那个黄昏的斜阳下，我想了很多，我想起从前，每次下班回家，妻子必定是在厨房里迎接我回家，做很多很多好吃的给我，我曾无比厌烦地吼，我找的是妻子，不是厨娘，你为什么就那么贪恋厨房呢？想起她曾经调皮地说："我是你美丽的小厨娘。"

五

想起过往的种种，脑海里不由得冒出一个傻傻的念头，妻子还会为我做上一盘可乐鸡翅吗？

我想给她打电话，几番犹豫之后，终于鼓足勇气拨了她的手机，长久的铃声之后，听筒里响起了那个我熟悉的声音，我心跳如鼓，像当年追她那样忐忑，怕她拒绝，怕她沉默。

我嗫嚅着："我生病了，住在医院里，没有人照顾，你能来接我吗？她犹豫了半天，在我就要放弃的时候，想不到她答应了。

我高兴地哼起了歌，有一种久违了的狂喜，想着那么久没有见到她，不知她会变成什么样子，会不会更邋遢了？

当妻子站在我面前的时候，我一下子傻掉了，整个房间都靓了起来，她穿着精致的真丝衣裙，高跟鞋，身上隐隐地逸出香水的淡香，长发飘逸，一如我初次见到她时的样子，优雅、睿智，而不是我熟悉的炒菜炝锅的葱花味。

她接我回家，家里什么都没变，一切还和从前一样，只是厨房里，再也没有油烟味，干净得一尘不染，仿佛很久都没有做过饭的样子。厨房的灶具上落了一层薄薄的灰尘，我伸手抹了一下，问她："你可以再为我做一次可乐鸡翅吗？"她答应了，我看着她换掉高跟鞋，熟练地穿上围裙，起火，炝锅，半个小时之后端出一盘色香味俱佳的可乐鸡翅。

我忽然明白，没有人天生愿意做饭，哪怕为自己，我离开的日子里，她必定没有为自己烧过一餐饭，只有为所爱的人，才会甘心情愿忍受烟熏火烤。相爱的人在一起，过的是烟火生活，而我却一直停留在风花雪月的表层，连

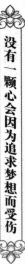

我喜欢的那个做德语翻译的女孩,其实亦不过是她从前的翻版,可是那女孩却不愿意为我下厨,怕下厨弄坏了十个手指上精致的蔻丹,怕被烟火熏成黄脸婆。我知道女孩亦爱我,但在有一个参照物的情况下,我才发现她其实更爱自己,那爱,其实很苍白。

活了小半辈子,我终于明白了一个道理,那个肯为你下厨的人,那个肯为你忍受烟熏火烤的人,一定是最爱你的人,比如小时候的父母、长大后的妻。

匍匐者的骄傲

刘学正

柔和的春风惬意地在空中游荡着。大地上这儿黄一块,那儿黑一块,又浅浅地绿一块,看上去倒有点儿像哪个抽象派画家笔下的山水。幽静的庭院里生长着一大一小两棵树,枝丫间稀疏琐碎地点缀着新透出的叶芽。度过了艰辛的秋衰冬寂,此刻沐浴在和煦的阳光里,他们显得极为高兴。

"嗨,妈妈!噩梦终于过去了,多么可怕的冬天,无尽的孤寂和寒冷简直让我崩溃!"小树露出劫后余生的笑容,兴奋地呼唤身旁的大树。

"是呀!孩子,冬天对于我们,真可谓凶神恶煞。但炼狱般的经历不仅考验了我们的体质,也磨炼了我们的意志。真为你的顽强高兴,你长高了,也粗壮了许多。"大树舒展着筋骨,和蔼地回应道。

小树调皮地摇摆着枝条,环顾四周,他发现不远处冒出一个小小的芽儿,鹅黄,娇嫩,还顶着小小的一片儿土。"妈妈,这里长出了一个新芽!您看,她是多么的柔弱呀,风儿稍大就能将她折成两段。""是呀,看来这个夏天我们要有一位新朋友了!"大树也探过身来:"孩子,你要相信她是不会被轻易摧毁的。"小树不以为然地嘟囔着:"可她是那么不堪一击!"

渐渐地,树枝上已不再稀疏,黄绿色新叶在枝条间纷纷探出脑袋。一阵风儿拂过,庭院里回荡起快乐的音符。那个顶着一片儿土的嫩芽儿已长成一株幼苗,但奇怪的是,她的茎不是直立向上生长,而是蜷缩着紧贴着大地,像病倒了一般。当小树发现这个"秘密"时,他按捺不住内心的狂喜,得意地喊道:"快看呀,妈妈!这就是您所说的孕育着坚强生命的芽儿,虚弱使她连腰都挺不起,天生的怯懦令她始终佝偻着身子,匍匐在大地上能有什么出

息?"大树怜爱地看着幼苗,坚定地说:"不,孩子,造物主不会让任何生命一出生就只能颓废,请相信这一切都会改变的。"这些话似乎对小树没能起什么作用,他依然肆无忌惮地发表着诸如"这种小东西一辈子都要生活在我的阴影里,永无出头之日"等的"大论"。

虽然被小树骂为没出息的植物,但是她并没因他人的攻击而停止生长,她的茎越来越长,并在每片叶子的底部生出细长的须脚。她先是匍匐在大地上蔓延,而后又悄悄地接触到了大树的树干,进而用须脚死死缠住树皮上开裂的皱纹。等到某天清晨小树带着挑剔的目光斜视她时,她的茎已在粗壮的树干上紧紧缠绕了两圈,牢牢固定住了自己。

一天傍晚,忽然乌云密布,猛烈的闪电烫燎着天空,深沉的雷声从远处滚滚而来。一阵狂风刮过,树叶被吹得瑟瑟直响。紧接着,雷声迸裂,几个大雨点噼噼啪啪打在树叶上。庭院里,两棵树的枝条不受支配似的和着狂风在空中乱舞,顷刻间,大雨瀑布般向小院拼命浇灌而来,树枝在暴风雨组成的大军里被摧残得支离破碎,隐约中传来小树的呻吟声……

等到风停云散,庭院里布满了泡在雨水里的残枝败叶。小树垂头丧气地收敛着受伤的枝条,捋顺凌乱的叶子。大树被雷电击中一根侧枝,她正强忍剧痛尽力愈合着伤口。亲爱的读者朋友,您可能要问,那株直不起腰的植物呢?她是否已被雨水冲散了身架呢?没有!这次灾难对她并没有太大的损伤,仅仅是扯断了她的几只须脚,打碎了几片叶子。这时的她已缠绕在大树树干中间,坚实的树干成为她抵抗暴风雨的屏障。大树默许了她的一路行进,或者说还曾为她的选择高兴了好一阵子。

盛夏时节,烈日当空。大树无精打采地打着瞌睡,耳边突然听到一声"谢谢"。大树睁开眼睛,竟是她的受助者在对她道谢。天哪!她已爬上了树梢,确切地说,她已高出了小树数尺!大树欣然接受道谢,并用一副幸灾乐祸的神情,狠狠瞪了一眼目瞪口呆的小树,哈哈大笑。

在一个迷人的午后,庭院里弥漫着甜美的气息,美丽的蝴蝶穿梭在两棵树间优雅起舞,金色的小蜜蜂仿佛被芬芳的花蜜灌醉了,深藏在花蕊里不肯出来；几只叽叽喳喳的鸟儿在树枝上欢快地踱来踱去，毫不知倦。这引人入胜、令人神往的景色的缔造者，缠绕在大树上的藤，正拖着她漂亮的长裙与太阳私语。

看着眼前的一切，小树羞愧地垂下头来，对大树耳语："妈妈，现在看来，当初我的观点是多么的荒诞可笑！我因她的不能直立生长而断言她将无出头之日，现在我却享受着她赐予我的欢乐。"大树听完，意味深长地说："孩子，请你牢记，对任何事物都不要凭借第一印象过早地下结论。天生的缺陷并不可怕，可怕的是找不到或根本不想去寻找弥补缺陷的方法，并且，在自身能力不足时，巧妙借助外力也是一种不错的办法！"

天堂就是图书馆的样子

朱　敏

一

八岁，"六一"儿童节，带着弟弟妹妹去街上玩，县城的图书馆对外开放，把儿童读物摆在街边的长桌上，过往的孩子可以随便看。每人抱一本书，坐在水泥台阶上，不知不觉一天就消磨过去。夕阳西下，人家要收桌子了，我还舍不得走，一个阿姨笑我："这孩子太爱看书了，回家让你爸给你办个借书证吧！"

这事我只当是梦想，我爸从来不给我买书，偶尔大着胆子要求，他永远只有一句固定的回答："给你买个巴掌！"回家后，我只字未提，图书馆三个字却在我小小的心里埋下一粒种子，日日想起，日日向往。

有时候去街上，从图书馆前路过，都要无限留恋地张望，仿佛那里盛放着世上最珍贵的宝藏，只等有一天，我能堂而皇之地进去，用一双如饥似渴的眼睛，去淘得属于我的珍宝。

二

高一，我终于在图书馆办了一张借书证。每天中午早早去图书馆，借好书后，拿个小本子抄图书卡片，坐在长木条桌旁，上面铺着绿色的金丝绒桌布，一笔一画地记下各种图书的代码，感觉是那么神圣。盼了那么多年，终于得到了自己梦寐以求的幸福。

通过那张小小的红皮子借书证，我看完了巴金的《家》《春》《秋》三部曲，老舍的《四世同堂》，贾平凹的《商州初录》，路遥的《人生》，还有一些世界名著。我透过一本又一本的书籍了解着世界，也慢慢地开启了自己的心灵。图书馆就像是我通向世界的一扇窗户，总是带给我无限的想象与期待。

三

大学，我最爱去的地方还是图书馆。有一段时间，我迷上人物传记，外国的、中国的、伟人的、明星的，只要能拨动自己的心弦，我都看。

没有恋爱可谈，没有约会好赴，我把自己锁定在图书馆。白天交给书籍，晚上交给电影，梦中，也是一排排的书架，透过书与书之间的空隙，有一个白衣少年对我微笑。

即便这样，我还是怀着遗憾离开学校，觉得自己看的书太少，大把大把的好时光都浪费在想家上，失落、空虚、无聊，在操场一圈又一圈地跑步。

四

上班后，单位搞精神文明建设，有个职工阅览室。我向工会的同事要来钥匙，每天下班把自己锁在里面，看各种有意思的杂志。阅览室文学类杂志很少，《家庭》《知音》看得我想吐，各种小三袭城、各种婚恋情杀，我最终逃离了那个地方，怕留下太多心理阴影，以后没办法顺利嫁人。

五

后来再看，我的决定是明智的。没过多久，我就结婚了。半年后怀孕，我回到家乡的小县城休假。时间一下空下来，我又开始跑图书馆。五六年

没去，还是老样子，期刊阅览室、少儿阅览室、图书借阅室，桌子依旧铺着绿色金丝绒的桌布，那么些年过去，竟然没显出一丝旧来。

一个借书证每天只能借两本书，不够看，我办了两个。每天中午去图书馆还书借书成了我雷打不动的安排。从我家到图书馆也就千米远，我挺着硕大的肚子，竟然能走半个多小时，中途还要休息一下，喝点水，吃根火腿肠补充点能量。

那半年时间，我胡乱看了许多书，最重要的收获是发现了县文联办的一本文学刊物，试着给他们投稿，在女儿六个月大时，我的三首诗歌发表，由此开启了我新的文学旅程。

六

选择西安，多少也是为了圆文学梦。等一切安顿下来，第一件事就是去省图书馆，上了高高的台阶，看着思考者的石像，我的心里五味杂陈。这里似乎是我梦想的栖息地，来了，离梦想就近了；来了，我的梦想就会慢慢生根。

每到周末，我都会去省图书馆借书，有时是小说，有时是期刊，可惜，总是超期，每次被罚款，罚得我心疼。

赶稿的日子，在家心乱，背着笔记本去图书馆，在窗户旁占个座，一杯热水，一只中性笔，一个小笔记本，就可以忙一上午。赶完稿子，去中文借阅室转转，选几本自己喜爱的书，把心思沉下来，逐字逐句地在字里行间阅读人生。

七

有段时间，我天天去省图书馆，碰到一个老人，七十多岁，旧旧的蓝布衫，蓝色长裤，黑头布鞋，戴一顶棉线帽子，第一眼望去，就像陕北窑洞口坐

着晒太阳的老头。他经常借一堆书，我细细地打量过，不是古诗词，就是"红学"研究之类的书。他还记笔记，一叠工厂用的材料消耗表装订的稿纸，密密麻麻抄满了诗词。

他不用排队，每天可以早早进来占座。我再进去，就喜欢坐在他对面。好多学生都离他远远的，可我喜欢看着他，能反省出自己的懒惰和懈怠。时间长了，我们也聊天，他说，老了，来这里看看书，抄抄诗，防止老年痴呆。我喜欢这样的老人，老有所乐，老有所爱，老有所喜。

八

早上浏览微博，其中有一条说，天堂就是图书馆的样子，我一下子愣住，想起了好多和图书馆有关的记忆。妹有一段时间考律师，每天去图书馆学习，下午和我一起回家，她说："姐，我感觉自己好幸福啊，都孩子的妈了，还能坐在图书馆里安静地看书学习。现在想想，这何尝不是天堂的感觉。"

爱书的人，嗜书如命；爱书的人，视图书馆为天堂。当我们还能在图书馆的书架旁，慢慢地踱步，一本一本挑选自己喜好的书；当我们还能心无旁骛地坐在自习室里，在各种纸张上画下梦想的样子，我们，该是多么幸福与骄傲！

珍惜现在，珍惜此刻，因为我们一直在天堂。

人生的舞台

　　人生的舞台，也许就是一张理发椅、一块厚实的砧板，或者一台缝纫机、一面黑板、一个方向盘、一只电脑鼠标、一亩土地、一把瓦刀……我们一生中的很多时间，就是在它们面前度过的。舞台如此之小，微不足道，但是，只要稍稍留意，你就会发现，那里面一定有一个人的青春和岁月的痕迹，一定也呈现出了一个美丽的月牙儿。

　　正是无数个这样的小舞台，才搭建成了人生的大舞台、社会的大舞台。

弯腰攀登的哲学

朱迎兵

　　说起马化腾,中国网民无不知晓。他是腾讯主要创办人之一,现任腾讯公司控股董事会主席兼首席执行官。2009 年当选中国经济十年商业领袖,在 2010 年由财经杂志《新财富》发布的"2010 新财富 500 富人榜"上,他以 334.2 亿元的身家位列第五。1998 年,27 岁的他创办了腾讯计算机系统有限公司。在短短十几年的时间里,他完成了由青蛙到王子的跳跃,成为商业上的一个奇迹。他自己说:"我所创造的奇迹,离不开身处逆境和低谷时的坚韧、专注和梦想。而拥有这一切,统统归功于大学时的一次野外体能训练比赛。"

　　大四那年的 3 月,他们就要离别母校。一天,他们的老师章必功教授提议,开展一次负重五千克的爬山比赛。同学们在校园里待久了,也想到野外游玩一次透透风,便纷纷同意。

　　全班在章必功教授的带领下,乘车来到深圳最高的梧桐山下。春光明媚,山上一片葱郁,繁花点缀其中,一座电视塔高高耸立在山尖,章教授指着山顶说:"目的地就是那电视塔下,除了我和辅导员外,同学们每人必须负重五千克,谁先到达目的地,谁就是胜利者。"

　　全班男女同学都摩拳擦掌,他们正值青春韶华,身强力壮,五千克对于他们来说,算不上什么,此外,他们也想借此好好锻炼一下身体。他们互相监督,绑好了携带的五千克物品,就等一声令下了。

　　随着发令枪响,大家哄笑着,向山上攀爬。刚开始的时候,同学们还有说有笑,边欣赏令人心旷神怡的美景,边健步如飞。渐渐地,有女同学落在

了后面,停步不前了。等到了半山腰的时候,很多男同学也气喘吁吁,步子越来越慢。

章教授和辅导员跟在他们身后,辅导员还不时拿笔在本子上记录着什么。章教授告诉大家,感觉累了,可以唱唱歌,分散一下注意力。大家就唱起歌来,真的感觉轻松了一些。

坡越来越陡,章教授这时又告诉他们,可以埋下头弯腰前进,这样能舒服一点,节省一些体力。可是并没有几个人听他的,大家盼望着早点抵达目的地,走一步,就看一眼前方。

又过了一段时间,前方出现了一个陡峭的山坡,有的同学抬头看看那电视塔,它似乎仍然遥不可及,就向章教授请求,不想再走了。章教授笑着同意了他们的要求,他们便一下瘫倒在地上。只有少数几个人,仍弯着腰,埋头前行。

最终,全班四十七名同学只有五人登上了山顶,其中李黎获得第一名,李黎是标准的山东大汉,他身材魁梧,获得比赛的冠军不值得奇怪。可是获得第二名的竟然是文静纤弱的马化腾,这让全班同学为之惊讶。

第二天,章教授请同学们对比赛进行总结,要求每个人谈谈看法。大多的同学都说,平时缺乏锻炼,体力不能负荷高强度的运动。也有的同学说,在山脚下看山并不高,其实是没有身临其中;在爬山过程中,看到道路难行,渐渐地,眼前的山顶就变得犹如在天边了,"不识庐山真面目,只缘身在此山中"啊!

冠军李黎说自己小时候常跟随父母做农活,收割麦子的时候,早晨来到田地里,看到地广人稀,会害怕到晚上不能收割完成,父母就会告诉他"眼怕手不怕"。他就学着父母,弯腰收割,不看前方,到了傍晚,父母定下的收割任务大多会完成。爬山的时候,他就是把收割麦子的经验用上了,只记着往上攀登,最后就第一个到达了山顶。

马化腾最后发言了,他说,他在那个让很多同学放弃比赛的陡坡前,也曾想退出比赛,但想到章教授的话,就弯下了腰,不再看前方,只顾埋头攀爬,这样果然感觉不那么吃力了,越走越有信心,最终到达了峰顶。看来,在攀登途中,弯腰走路,无视前面的困难,确有必要。

教室里,此刻异常的安静,一束阳光照到章教授的脸上,他的满头银丝在阳光下熠熠生辉。章教授缓慢而有力地说:"行到水穷处,坐看云起时。目标已定,途中你不会弯腰,目之所及皆是坎坷,它是一种桎梏,希望由此演变为失望。弯腰赶路,看清眼前的那一步,一步一个脚印,不成功才怪。同学们,马上你们就要毕业,无论你们从事何种职业,不仅要学会择高处立、就平处坐、向宽处行,还需要有弯下腰来的智慧呀!"话音刚落,教室里响起暴风雨般的掌声,久久不息。

毕业后,正是凭借着弯腰攀登的启发,马化腾将创业初期资金短缺、"克隆"赔偿等无数的困难逐一战胜,开创了商业上的奇迹,攀爬上了事业的巅峰。

高尚也是一种特长

朱迎兵

1971 年的秋天，曼谷街头踟蹰着一个少年，他衣衫褴褛，面容消瘦，但目光坚毅。他就是严彬，他刚初中毕业，在河南林县插队一年，由于被贫困折磨怕了，他只身来到泰国，寻找工作。

在唐人街，他因学历低，没有一技之长，找工作时屡屡碰壁，带的钱很快用完了，饥饿曾迫使他卖血度日。这天，他来到一家公司，老板问他需要什么待遇，他说只要管饱就行，老板被打动了，决定聘用他。

这家公司并不大，严彬主要负责打扫公司卫生。公司三十几个人，除了他，大家都是大学毕业，他的工资只有大家的三分之一，但严彬很满足，他珍惜这份难得的工作，每天将公司打扫得纤尘不染。因为年轻，工作压力不大，好多时候其他员工会请他做一些杂事，如买饭、跑腿之类的活，他从不拒绝，总是热心为大家服务，同事们都很喜欢他。

一天，老板在美国读大学的儿子来到公司。老板只有这一个儿子，从小娇生惯养，身上公子哥味十足。他一直在美国读书，快毕业了，老板希望他子承父业，将公司进一步发展壮大。

他来到公司后，视察了各个部门，每到一处，大家都热情相迎，递送着笑脸。可他目中无人，一副颐指气使的样子。他准备回去了，走到狭窄的通道上，严彬正在抹地上的灰尘，来不及躲避，抹布碰到了他的裤子上，留下了一小块痕迹。严彬连声道歉，可他还是雷霆大发，指责严彬工作做不好，要让父亲辞退了他。严彬义正词严地说："公司是您家的，如果想辞退我，那是您的权力。可如果您说我工作没有做好，我不同意您的观点，我只是没有看到您来，弄脏了您的衣服。这与工作态度毫无关系。"说罢，他挺起胸膛，转身离去。老板的儿子怔住了，看着他远去的背影，久久没有说话。

公司的同事在事后，都劝严彬向老板解释一下，道一下歉，以免被老板炒了鱿鱼。可严彬不以为然，没有去和老板说什么。老板好像并不知道那件事情，看到严彬仍是笑眯眯的。

一年以后，老板的儿子正式接掌了公司，为了公司的生存发展，他决定改变公司的经营模式，这样一来，就面临着更改公司的人员结构，很多的员工要被辞退。被裁掉的人占到了公司的一半，严彬也是其中一个。被辞退的人走的时候，都很落寞，悄悄地走了，连声招呼也没打。毕竟，他们丢失的是一份高薪的工作。严彬却觉得不声不响地走不太合适，他在这里工作了快两年了，是老板在他最困难的时候接纳了他。他除了和大家告别，还特意找到了老板，向他辞行。老板已赋闲在家，看到严彬来很惊讶，因为没有一个人被辞退后来向他打招呼，包括那些他很器重的人。严彬真诚地感谢了老板两年来对他的照顾，还说有机会请老板喝茶。老板说："反正我也没事了，明天晚上就请我喝茶吧。"严彬高兴地答应了。

第二天晚上，严彬来到了约定地点时，看到老板已经到了那里，身边还坐着他的儿子。看到他来，老板的儿子伸出手，对他说："我郑重地聘请你，到我公司任职，职务是人力部主管。"严彬不相信自己的耳朵，老板说："你知道他为什么要聘请你吗？"严彬笑着摇头。老板指着儿子："你还是听他说吧。"

"原先我是准备辞退你的，因为你没有特长。可后来，我了解到了你有协作精神，更重要的是，即使面临压力和挫折，还能保持自己高尚的人格，公司人力部需要你这样的人。"

正因高尚，严彬逐渐强大：1995 年，回国投资，在深圳创建了红牛维生素饮料有限公司；2000 年，在北京昌平南口投资兴建了华彬庄园，成为名噪一时的房地产商；截至 2010 年底，华彬国际集团在中国总资产规模已达 220 亿元人民币。创业至今，他高尚依旧，一直以"公益慈善"为使命，为贫穷山区

的人们提供着无私帮助。

　　特长和技能是安身立命的基础。而职场是个江湖,人事更迭,风云变幻,需要有容纳万水千山的胸怀,更需有跌入低谷不气馁、攀上巅峰不轻狂的境界。这胸怀、境界来源于高尚。高尚也是职场中重要的一种特长啊!

我就是那棵不流泪的树

张军霞

1980年7月,一个阳光明媚、鸟语花香的日子,她出生于美国纽约的长岛。这个有着一双碧蓝色眼睛的女婴,并不知道等待着自己的,将是一段非常悲惨的童年。记忆里,她从来没看到过父亲的笑脸,相反,只要偶然犯点儿错误,或者父亲心情不好时看到了她,都会得到一顿暴打。

一次,七岁的她上学时忘了带钥匙,等到放学回来,父亲坚决不肯为她开门,母亲心疼女儿,却怎么样哀求也没有用。夜色越来越浓,她哭喊累了,只好蹲在门前,在冰冷的夜风中发抖。天快亮时,父亲终于将门打开,把早已冻僵的她拖了进去。这个黑暗而恐怖的夜晚,在她幼小的心灵里留下了浓重的阴影,即使多年以后回忆起来,仍然让她心有余悸。

对于她来说,最痛苦的,远远不止这些。因为,父亲不仅折磨她,还一次又一次地折磨她母亲,每次喝醉了酒,会用烟头烫、用皮带抽母亲。年幼的她亲眼看见这一切,恐惧和难过常常让她咬破自己的嘴唇。

一天,她又一次遭到父亲无缘无故的暴打,独自哭着跑出家门,来到附近的一座山上,想跳下悬崖结束生命。这时,有一双温暖的手及时阻拦了她,是慈祥的祖母!她忍不住扑在老人怀里放声大哭。等到她停止了哭泣,祖母指着身后那棵树说:"它可是一棵百年的老树了,在我的记忆里,它遭遇过雷击、被狂风吹断,最严重的一次是因为一场莫名的山火,它被烧得只剩下几根光秃秃的枝丫。每一次,人们都以为它死了,可是不久以后,它又绽出了嫩绿的枝叶,又开始在风里咿咿呀呀地歌唱!你看,它现在可以尽情享受阳光,而我们所有的人都不得不仰望它!"接着,祖母又叹息着说:"你父亲

小时候原本是个乖孩子,参加工作之后,几个工友打架,误伤了他的脑袋,大病了一场之后,留下了头疼的后遗症,从此他就变成了现在的模样,酗酒、冷漠、乱发脾气。孩子呀,我们没有办法改变他,就只能尝试着改变自己……"

她似懂非懂地点点头,乖乖跟在祖母身后下山。第二天,祖母带着一向喜欢音乐的她去了一家音像商店,买回来几张老唱片,这种带有浓重气息的爵士音乐,让她一下子听得入了迷,从此开始如痴如醉沉浸在音乐里,也只有在这样的时刻,她才能忘记现实生活中的不幸。很快,她开始崭露自己与生俱来的音乐天赋,从八岁就开始参加一系列歌唱比赛;十岁时,她已经在匹兹堡市的俱乐部演唱国歌;十四岁,她成了米老鼠俱乐部里歌声最有魅力的女孩。

不过,正因为她如此出众,同学们开始嫉妒并排挤她。一次,她去上舞蹈课,回来穿鞋子时,感觉不对劲,鞋子里居然有一只死青蛙!她吓得尖叫起来,同学们却拍手称快,一个个幸灾乐祸。崩溃之余,她忽然想起山上那棵树,于是,从容地甩掉那只青蛙,背起书包回家,同学们面面相觑一番,感觉很没意思,从此再也没有人随便戏弄她了。

1998 年,迪士尼公司拍摄了一部反映中国古代人物花木兰的卡通片,却一直找不到合适的人来唱主题曲。他们找到颇具名气的米老鼠俱乐部时,她自告奋勇,在大家面前唱了一首自己最喜欢的歌曲。这个十八岁的女生能唱出高音"E"音阶(比高音"C"还要高),制片人立刻被她的嗓音所折服。接下来,仅用两天时间,他们就录制好了这首经典歌曲。它一经推出,就一举跨入最流行单曲榜的前列,还获得了金球奖"最佳电影原创歌曲"提名。这个有着深厚高亢嗓音的女孩,终于一举成名。

生活永远不可能一帆风顺,此后的日子,她遭遇过恋人的背叛、因为唱错歌词被歌迷嘲笑,等等,但是每一次,她都能咬咬牙挺过去,继续演绎自己最喜爱的歌唱事业。穿越风雨一路走过,她四次荣获格莱美奖,作为歌坛天后,她首次涉及荧屏的处女作 Burlesque(《滑稽戏》)在全球的票房就达到九千万美元,获得三项金球奖提名,并成为近几年歌舞片史上票房最高的电影之一。她就是来自美国的克里斯蒂娜。

面对接踵而来的鲜花和掌声,这个历经坎坷的女孩,常常微笑着说:"就像当年祖母说过的那样,既然没有办法躲避风雨,站在原地叹息或者抱怨都将于事无补,不如就当一棵不流泪的树,迎着暴风雨歌唱!"

地板上的月牙儿

孙道荣

　　头发理好了。镜子里的我，显得精神多了。我满意地朝理发师点点头。

　　我准备站起来，理发师却示意我再等等。以为他觉得哪里不如意，还需要修剪一下。为客人理发，他总是丝毫不马虎，不论是生客，还是熟客，这也是我定点在他这儿理发的原因。我笑着说，可以了。他换了一把细细长长的剪刀，对我说，你有几根白头发，我帮你挑出来，剪掉。说着，左手将我的头发扒开，理顺，轻轻地挑起一根，右手握着剪刀，小心翼翼地伸到发根，剪断。

　　一根，两根，三根……他一共找到了十九根白发，都帮我从发根剪掉了，又仔细地用手将我的头发都扒拉了一遍，确认没有白头发了，才拿起梳子，帮我将头发重新梳顺，一边梳理，一边跟我讲着平时怎样护理头发。从镜子里看到他，神情专注，熟练，从容，像做着一件大事似的。

　　这是小区里的一家社区理发店，门脸很小，只有他一个理发师，也只有一张椅子。虽然离家近，但以前我从没有进去理过发，总感觉这样的小理发店，是专门为社区里的老人们服务的。我都是在小区外的一家大理发店理发。直到有一次，因为急于参加一个活动，来不及去那家大理发店了，我才第一次走进他的小店。没想到理发师的手艺非常棒，剪出来的发型很适合我，价格也公道，理一次发，只要十元钱。

　　再次去他的理发店理发时，他正忙着为另一个客人理发，我坐在一边等待，这才留意了一下他的小店——狭小，干净，设施非常简单，唯一可以称得上精致的，是地上铺着的暗红色的实木地板，与一般理发店黑白相间的地砖

相比,显得很不同,让人感觉古朴而温暖。他低着头,专注地为客人修剪着头发,不时围着椅子,移动脚步。当我的目光落在他的脚上时,惊讶地看见,椅子后面的地板,因为他的脚踩来踩去,红漆被磨光了,露出了木头的本色,样子看起来就像镶嵌在暗红色地板上的一个白色月牙儿。

在帮我理发时,我和他聊了一会。他告诉我,从这个小区建立那天起,他的这个小店就开张了,至今已经快二十年了,小区里的不少老住户,都是在他这儿理发的,有的孩子刚出生时在他这儿剪的胎毛,如今都长成大小伙子了。难怪椅子后面的地板,都磨出了木头的本色。我让他看看自己的脚下,他低头瞅了瞅,忽然憨憨地笑着说,地板都磨白了。我说,那是你踩出来的月亮呢。

地板上的月牙儿,那是一个理发师十几年的舞台。想象着一个人长年累月就围着一张椅子转动、工作,那是怎样的一种寂寞,又是怎样的一种境界啊。月亮升起来了,理发师也从意气勃发的青年,步入了蹒跚的中年。

每次去菜市场买菜,我都会上唐师傅的肉铺,买点猪肉或排骨。不为别的,就因为唐师傅卖的肉安全公道,决不会有病猪死猪。一年三百六十五天,除了每年大年初一这一天关张外,唐师傅的肉铺天天都营业,而唐师傅总是站在他的肉铺后面,笑眯眯地迎接着每一位顾客。

唐师傅的肉铺上,有一个硕大的砧板,厚度足足有一尺半,是最好的蚬木做的,样子不像是个砧板,更像是一个敦敦实实的圆木桩,靠里的一侧,深深地凹陷下去。有一次和唐师傅闲聊,他告诉我,二十多年前,父亲特地去广西,给他买回来这个砧板。那时候他刚刚高中毕业,高考落榜了,心灰意冷地跟着父亲一起在菜市场学卖肉,这个砧板,就是父亲送给他的礼物。当时,这个砧板有六十厘米厚。唐师傅一边为我剁骨头,一边有点自嘲地说,没想到,这一干就是二十多年,如今儿子都读大学了,那么厚的砧板,也被我剁掉一小半了。

唐师傅挥舞着厚实的砍刀,在砧板上一刀刀剁着,坚定、干脆、有力,手起刀落,骨头被剁成均匀的块状。

　　忽然想，这块砧板，不就是唐师傅的舞台吗？砧板一点点凹陷下去，岁月一点点流逝，砧板挑起了唐师傅一家的生活，也支撑着唐师傅的希望。

　　对我们很多人来说，人生的舞台，也许就是一张理发椅、一块厚实的砧板，或者一台缝纫机、一面黑板、一个方向盘、一只电脑鼠标、一亩土地、一把瓦刀……我们一生中的很多时间，就是在它们面前度过的。舞台如此之小，微不足道，但是，只要稍稍留意，你就会发现，那里面一定有一个人的青春和岁月的痕迹，一定也呈现出了一个美丽的月牙儿。

　　正是无数个这样的小舞台，才搭建成了人生的大舞台、社会的大舞台。

没有一颗心会因为追求梦想而受伤

王国民

他只是一个平凡的男人，在一个小城市做"棒棒"。

他有一个美满的家庭：有两个儿子，一个女儿。应该说，他是幸福的，他也一直小心翼翼地呵护着，直到有一天，他带着女儿去郊外游玩，女儿不小心受伤了，血流不止。送到医院，被告知，女儿患的是淋巴性白血病。

他被噩耗吓坏了，好半天才从恐惧中平静下来。他开始到处筹集资金。

医生建议他尽快做配型检查，然而结果让所有人都失望，他们的白细胞相互抵抗。医生仔细核对了资料库里的几万份骨髓记录，也没有合适的。

都说男人无泪，面对诊断结果，他却流泪了，彻夜未眠。

第二天早上，他赶去医院，告诉女儿那个珍藏了十六年的秘密：她不是自己亲生的。因为得了重病，她被遗弃在垃圾堆旁，是他捡到的，并几乎耗尽了他所有的积蓄才把她治好。他说要去趟远门，去寻找她的亲生父母。他虽然想到了种种结果，但女儿镇静的表现还是出乎他的意料。女儿只是告诉他，这么多年来她早就在怀疑自己不是他亲生的，但能做他的女儿，她并不后悔。

经过多方打听，他得知女儿的亲生父母就在攀枝花，他风尘仆仆地赶到，却得知她的亲生父母早在五年前就在车祸中去世了。这无疑宣判了女儿的死刑。

他拖着疲惫的身体返回医院，女儿在听到结果后哭了，她大声喊爸，她喊一声，他就答应一声。也不知喊了多少声，她止住，抱着父亲说："多想一辈子陪伴在你身边，一天喊你一声爸啊。只是女儿的时日已经不多了，让我这些日子把一辈子喊完,好吗?"他含着泪点点头。

化疗是极其残酷的,女儿的头发开始大把脱落,为了鼓舞她生的斗志,他不得不每天都守在女儿的病床面前,给她讲自强不息的故事,在他的鼓舞下,女儿脸上露出了好久不见的笑容。

为了寻找合适的骨髓源,他每天都会抽空上网查询,一天,他在一个论坛上看到了一封来自美国母亲的求助信,得病的也是一个被遗弃的中国女孩,患的也是和女儿相同的病。信的末尾还留下了联系方式。

望着日益憔悴的女儿,他几乎不假犹豫地把自己的骨髓配型记录通过电子邮箱发了过去。三个小时过后,他接到了一个越洋电话,对方想邀请到他到美国做进一步检查。但在了解到他也有一个女儿得病之后,对方被他这种自己女儿身患绝症还在牵挂着别人安危的大爱深深感动了。

三天后,女儿的病床旁多了对陌生的母子。配型报告很快出来了,完全吻合。移植手术很快进行,那个来自于美国的中国女孩得救了,在离开时,她激动地说:"中国爸爸,是你给了我第二次生命,你的爱不会白白付出,我相信你的女儿一定能找到相合的骨髓的。"

女儿身体已经越来越差,好几次都陷入了深度昏迷中,但他和女儿都一直没有放弃,只有十万分之一活的概率,他们也会不松手,不放弃。

美国母亲在回国后立即写了封求助信放在网络上,信的最后说:一个普通的中国父亲,在女儿身患绝症最需要关怀和体贴的时候,心里还惦记着一个陌生的女孩,这是怎样一种至深的父爱啊,这样的父亲,我们又怎么能白白看着他的女儿死去呢?文章并迅速在网络上传播。大家都被他的博爱感动,纷纷加入了救助行列中。

三天后,美国母亲打来越洋电话,说他们在英国一家医院找到了与之匹配的骨髓,捐赠者也是一名中国人,而且他也表示愿意来中国做手术。

女儿的手术在医院的安排下顺利进行。望着手术结束后甜蜜入睡的女儿,他紧紧握着美国母女和捐赠者的手,再次留下了感激的泪水。

后来有人问他:"如果你的女儿不治身亡,你会后悔你做的选择吗?"他

摇摇头说:"只要人人都献出一点爱,这世界上哪会有这么多的悲剧发生。作为一名父亲,我深刻了解每一个父母的心态,虽然救的不是我的女儿,我也毫不犹豫和后悔。因为,这是我的梦想。"

　　两个年轻女孩都能活泼如初,这不能不说是一种奇迹,但我想,是因为有人间大爱,有一颗甘于奉献的心,才会有奇迹的发生,用爱去坦然面对灾难,用爱去装点社会,整个世界都会联合起来帮你的忙。

有一种乐器叫拐杖

犁 航

德福终于找到了一套大一点的出租房,性价比非常符合德福的消费期待。两口子都刚从乡下调进城不久,什么花销都得计划着来。

以前,德福一直住在一间黑咕隆咚的单间出租房里,老婆整日唠叨说不方便。没有厕所,没有厨房,怎么方便得了呢? 一个大杂院,三层楼十几间房围成一个筒子楼,每一间房里都住着一户人,全是进城的农民工,拖家携口。巴掌大个筒子楼住着十几户人,前胸后背都贴着人。

德福有午休的习惯,每天中午必须睡觉,哪怕只是半小时,甚至十分钟,只要睡着了,晚上就算工作到十二点也不会疲倦。要是中午不休息,整个下午和晚上,瞌睡时刻都会缠着他,像个麻缠的债主,随时在眼皮子底下杵着,甩都甩不掉,就别指望有精力做什么了。

在那个小筒子楼里,午休是德福的噩梦,每次刚进入梦乡,隔壁吵孩子的、打扑克的、划拳喝酒的、两口子闹分裂的、骂骂咧咧调情的、吱吱嘎嘎在床上做运动的……那些乱七八糟的声音总是把他的圆满的梦境敲击得支离破碎,让他苦不堪言。

德福憎恨那些无所顾忌大声喧哗的家伙,尽管那些人在德福眼中善良得无以复加,但谁骚扰了他的午睡,谁就与他不共戴天,德福对他们的好感,也在一天天消退。长期不能正常午休,德福发现自己神经衰弱了。

德福楼上住着精力旺盛的两口子,男的是搬运工,女的调灰浆,都在建筑工地上当零工。男的喜欢穿木屐拖鞋,女的从来舍不得脱掉高跟鞋,要知道,这座楼房的楼板太薄了,拖地的摩擦声,甚至是掉一根针,也能原声再现

地传给楼下。"踢踢垮垮"的巨大的响动常常将德福从梦乡驱赶回现实。

德福只能心里烦，不能抱怨，更不能指责。要知道，中午的时候，正是劳累了半天的农民工享受生活、放纵自己的时候，谁好意思去制止他们？再说，怎么制止？是像一个乖孩子一样乞求他们别吵？还是像泼妇一样两手叉腰地骂人？想都别想，这些虎背熊腰的人哪是德福惹得起的？有几个每天闹得最凶的民工媳妇，泼辣得像《红楼梦》里的凤辣子。不，还厉害，凤辣子不说粗话，这些女人，就算是她的老公惹着了，也能嗓音尖锐，一句不重复地骂两小时，把男人骂得狗血淋头。男人们挨骂时大多蔫头耷脑，左顾右盼地躲闪，那么小的空间，哪里找得着藏身的地儿？只能把头使劲往两个膝盖中间钻，恨不能拉开拉链钻进去，用裤裆罩着。

搬离那个大杂院，过去的就过去了，管他呢，德福总算是脱离苦海了，计划着怎么安排新生活，这毕竟是一个新起点。小家庭生活方便多了，有厨房、有卫生间、有客厅、有卧室、有书房、有二十四小时热水……

搬家累了一整天，德福觉得骨头都散了。筒子楼喧嚣的声响早已远去，耳根清净，德福倍觉欣慰。吃着老婆烧的香喷喷的饭菜，洗了个澡，又精神抖擞了。晚上，两口子偎依在宽大的卧室里，温馨的氛围似乎又回到刚结婚的时候，他们开始憧憬新的生活目标——买房！

中午，老婆一般在学校吃饭，在学校休息。德福乐得一个人不受干扰地午睡，才看两篇短小说，眼睛就睁不开了，好好享受午觉吧。老天，真幸福啊，扔掉小说，伸个懒腰，打个呵欠，钻进被窝，耳边几乎是一片宁静，十分的惬意。银子花得多，生活品质就是不一样。

德福放心地睡去了，一边睡还一边朦朦胧胧地想，中午好好睡，下午好好干，精力充沛地投入工作，早些把买房的钱赚够，然后再买车，然后再自驾游……在德福意识中，午睡不仅关乎下午工作，还关乎前途命运，关乎今后的幸福……德福把握不住了，思绪慢慢散了，像冒出烟囱的烟，开始还能聚着，但最终收束不住了，飘呀飘，飘起来，飞远了……

突然，哆、哆、哆……一声声，果断而执着，像炸弹，重磅炸弹，一颗接一

颗地从天花板上扔下来,把德福尚未成型的美梦炸得粉碎。德福吓醒了,好像前后左右都有黑洞洞的枪口在指着自己,一不留神,子弹将从暗处射进他的身体,他的心脏。心,扑通扑通狂跳,仿佛不是在体内,而是被吊在万丈悬崖上荡秋千……浑身冰冷的德福惊恐地圆睁着双眼,死死地盯着天花板,寻找那罪恶的源头,咒骂那该死的声响。

毫不避讳,哆、哆、哆,一声声,从天花板的左边,一路响到天花板的右边,接着,再从天花板的右边,响到天花板的左边,肆无忌惮得跟天王老子似的。德福等呀等,盼呀盼,心想你总有个累的时候。终于,声音停止了,德福开始重新入睡,但是,怎么也迈不进梦境的门槛。

德福坚持着,一天、两天、三天……后来竟是天天如此,每天只要德福刚跨进梦乡的门槛,那个被德福咒骂了无数次的哆哆声一定会准时地、不失时机地响起,像故意与德福作对。德福快崩溃了,他不能再忍,他必须面对,解决!

那是第七天的中午,忍无可忍的德福终于爆发了,从床上蹦起来,衣衫不整地摔门而出,杀气腾腾地冲上楼,怒气冲冲地拍打楼上那家人的门。半天,没人开门,只听到屋里有哆哆的声音,由远而近,一直响到门边。门,终于开了!德福满脸愤怒,满腔的怒火终于找到了倾泻的出口,如果怀里有一只狙击枪,他一定会不顾一切地向那扇罪恶的门里一阵狂扫……

当门内的情景真正出现在德福眼前时,德福张口结舌,愤怒的潮水在一瞬间跌落。德福像一个做了坏事的孩子,结结巴巴地说:"对,对不起,敲,敲错门了。"

门里,一位老奶奶,单腿支撑着身体的重量,另一条腿,无力地蜷缩着。老奶奶右腋下挂着一只木拐杖,努力平衡着自己,满脸慈祥地望着德福:"说,孩子,我知道你刚搬来,住楼下,现在是邻居了,敲错了也不打紧,进来喝口水吧。"德福忙说:"不,不打扰了!"

德福看着那根曾让他险些丧心病狂的拐杖,纯木结构,做工极为粗糙,但拐杖触地的末端,却用棉布厚厚地、紧紧匝匝地缠了一大团,包得像一只

漂亮的马蹄。显然，这样做的目的是尽量减弱敲击地板的声音。看来，老奶奶早已考虑到了，在拐杖上做了消音处理。怪不得德福在楼下听不出到底是什么声响，沉闷，顿挫。

这时，一个背着书包的小男孩从楼下跑上来，老远望见奶奶，脸上瞬间笑成一朵鲜嫩的花，在门口张开手臂把奶奶抱了一下。他太小了，尽管是象征性的，看得出他和奶奶十分亲近。奶奶也回抱他，然后让他转身，指着德福，做了个手势。小男孩长得眉清目秀，望着德福，甜甜地笑笑，用手比画着指指屋里。德福看懂意思了，是请他到屋里。德福摸着小男孩的头，对老奶奶说："您孙子真是个乖孩子。"小男孩进去了，把书包放在靠墙的桌子上。

老奶奶悄悄对德福说："这个孙子是我捡来的，很乖，不淘，最爱学习，成绩好着呢，是个很懂事的乖孩子。但他听不见，我五年前在广场上锻炼的时候捡的。那时他才不到两岁，睡在堆垃圾的角落里，冻得瑟瑟发抖，却没有一丝哭声。我以为他把嗓子哭哑了，捡回来好些天才发现，他什么也听不见！我把他带回来，儿女们不理解，说我本身行动不便，捡个孩子怎么办，何况还是个又聋又哑的孩子？最后，儿女们一个个都搬走了，就剩下我这个老婆子和这个小家伙了。"

老奶奶回头望了一下正在做作业的小男孩，面上露出幸福的笑容。

见德福盯着自己的拐杖，老奶奶解释说："她蜷缩着的那条腿患了重风湿，前几年就不管用了。但挂拐惯了，走路也没有太大的妨碍。她每天清早从菜农手里收菜，一瘸一拐地赶到菜市场去卖。中午赶回家给小家伙做午饭。下午，小家伙上学后，她出去捡垃圾，她说她要趁现在还走得动，给小家伙上大学多攒点钱……"

不知什么时候，几滴泪水滑出德福眼眶，久违的感动涌上心头。

下楼，德福心潮起伏，久久不能平静。

自此，每天中午，德福都会在哆哆的声音里睡得很踏实、很香。哆、哆、哆……的声响，已经成为德福的催眠曲。他知道，老奶奶在楼上制造的每一个哆音，都是为小男孩敲下一枚幸福的音符。断断续续的哆音，是老奶奶为

123

小男孩奏响的爱的心曲。德福希望这种哆音一直敲下去,敲到小男孩上大学,敲到小男孩成为顶天立地的男子汉……

　　每天午睡,德福都期待哆哆的声音响起。只要哆音响起,就说明老奶奶很健康,小男孩的生活就充满希望。德福甚至想,哪天老奶奶拄不了那根拐杖时,他会接过来,为小男孩撑起一片蓝天!

走着走着就散了

李　舍

　　明知早已错过了陌上花开，却执着地行走在寻觅的路上，不呼朋引伴，也不邀三两知己，一个人去乡村体会静默的力量，让身心在无言的期待中寂然前行。

　　遗憾的是愈来愈现代化的乡村，已难寻记忆中那炊烟袅袅的温暖，巷陌里早没了鸡犬相闻的景观，更不见那悠闲静卧南墙根儿晒暖搔痒的老牛。曾经拙朴的乡人也难免"从俗浮沉，与时俯仰"地追逐生活，任凭落叶堆积，柴草满地也懒得再翻下眼皮。

　　听着落叶的倾诉，我无力地向太阳挥动着双手，却无法拯救埋在心底苍凉的隐痛，只能从微寒的风里掬起淡淡的忧伤，寻一处空旷之地慢慢咀嚼。

　　就这么漫无目的地走着。剥掉人前一切虚伪的粉饰，让心海藏匿着的晶莹浪花尽情澎湃；任情感天空绚烂的霞光汩汩流动；用内心涌动的生命激情碰撞日渐粗糙的灵魂，任躯体内所有无法言说的甜和痛狂舞在风中，让清冷孤傲的灵魂诗意地翱翔。

　　踏着落叶，继续向前。无边无际尽染的层林，不由让人感叹"碧云天，黄花地，晓来谁染霜林醉？"我激动地张开双臂与一棵树紧紧相拥，忽地想起那句"如果有来生，要做一棵树，站成永恒，没有悲欢的姿势……非常沉默非常骄傲，从不依靠从不寻找"，多么幸福的树。如果此刻真的能化身为树，那将会比海子融进滚滚车轮更有意义。

　　一片片叶子牵着纷乱的思绪拂过头顶轻砸肩头，每挪一步脚下就会弹出软绵绵的轻柔，那感觉妙不可言，让人欲说还休。周围一片静寂，静得我能听见黄叶落地的声响,同时入耳的还有叮叮咚咚的水流,及林子深处隐隐的哭泣声。哭声时断时续,搞不清在附近,还是在彼岸。

一步步走向河岸。岸上曾经的青青芳草,早在秋风的劲吹下枯成了荒芜,默默梳理着岁月的沧桑,着手迎接下一个春天的黎明。我偏爱经历过秋霜的小草儿,总感觉它的柔韧与坚强,颇像被时间雕刻过的女人,让人敬重并有着想亲近的欲望。遗憾的是,在时光匆匆的许多次邂逅中,它们皆在我渴求的眼神里被甩在身后。像今天这样零距离接触并慢慢抚摸,真的让人激动。再抬头仰望那一棵棵高出小草许多倍的树木,它们曾为攫取更多的空气和阳光,在力求超越对方的成长中,收获着美丽挺直的姿态,而此刻也正万般无奈地将老去的叶子,一片片甩进茂盛的草丛。季节更迭,岁月公平,那些曾经高贵的卑微的强大的弱小的美丽的丑陋的,都不可避免地老了。也许,回过头来,树木反而会感谢这卑微植物"草纳百叶"的胸怀与气度,悔恨自己曾经目中无草的偏激与高傲。

在我按下一丛厚厚的野草坐下后,哭泣声清晰了很多,但依然分不清它来自此岸或是彼岸,只觉得彼岸的风光更加好看。可也只能是看。无法探测水的深浅,更找不到可以渡我的船。我只能用艳羡的目光静静地看着对岸,极力把视力伸远。

目光稍一游离,将视线由彼岸移向河内时,我蓦然发现涟漪轻扬的河中竟有一座草屋的倒影。惊喜让我站直了身子,伸长了脖子,想象这草屋里会住着一位闲云野鹤的潇洒老翁。难耐激动与好奇,我壮着胆子快步走近小屋,草屋里的一堆野草被卧成了人形,却蛛网满屋、满眼凄清,不见人影儿。在门前伫立良久,欲从风拂的茅草中解读它曾经的主人,又想从那缕缕的蛛丝中扯出主人的故事。并在内心冲动地幻想着,某一天将其修缮打扫后,携着那个能灵魂相触的影子就此隐居,共同从流云中体会人世之酸楚;从晨星中寻索孤寂之静美;从笔端流淌出对爱的执着;或者抛却物质的富贵与贫穷,用精神实质追问和追求生命的意义和价值,寻找自由、希望和力量。

然而,不可能。要找个有山有水的场所享受安静,于现代人来说是种高

贵的奢华。更何况,世间的爱无不交织着现实的悲情和美好的憧憬,种种激情邂逅,最终也必得走进俗套的男女故事,才算修成正果。否则,将会千疮百孔,谁又伤得起多年来打拼出来的自己。或许烟火红尘中,本就不存在发乎情止乎礼,永远不离不弃,远离伤害的关系。真不知晓,一个人要活到多少岁,曾经苦苦追求的浮世荣华才真正落地为尘?在这种苦苦的追求中,又有多少爱过眼成烟,化蝶成冢?说到底,无论男人的尊严多么堂皇而高贵,女人的气质多么优雅而迷人,都将沦陷在生命过程里那一座座祭坛上。悲哀的是,人们宁可在这祭坛上假模假式地追求别人看起来的所谓幸福,却没有勇气打造属于自己内心的满足。

一束寒风吹醒了我的遐思,整理凌乱心绪,强迫自己把情感全然交给心灵,将所有的对白都变成心灵独语时,又觉得独语也会让人如此的口干舌燥,身心疲累。盯着那静静流淌的小河,恨不得河面上能幻化出一杯香茗,却看到了河面上漂浮着一个白发苍苍的老太太,把自己惊出了一身冷汗。还没等回过神来,一个苍老的声音就在耳边响起:"姑娘,千万不要干傻事啊,有啥想不开的给我老太婆说道说道,这世上没有过不去的坎儿。"

我一个激灵,扑棱起身,一下子跃出几步开外,惊恐地看着这突然出现在眼前的老太太,似梦非梦地以为自己活见了鬼。老太太却不急不躁,慈眉善目,一脸笑容一步步向我靠近。在她越靠越近的当儿,我发现她眼睛通红,核桃纹般的脸上还有泪道儿滚过的痕迹。联想到一开始听到的哭泣声,我战战兢兢地问了句:"刚才是您在哭吗?"老人没说话,默然地点了点头。同时也解除了我心底的警惕。正当我不知如何劝她时,她缓缓地坐了下来,同时拍着身边的枯草,示意让我坐在她身旁。

她指着眼前的河水说,为了一个男人,她的女儿投进了这条河里。女儿喜欢这个地方,临死还留个纸条儿,非要埋在这里。她说这话时,眼睛里只有伤心没有悲愤。

我知道河水是无辜的也是贪婪的,它不拒绝任何一个投入其怀抱的生命。那个生如夏花之绚丽、死如秋叶之静美的少女,选择此地作为永久归

宿,是喜欢这里的孤寂,还是想永远逃离世俗的伤害？恐怕连她母亲也不知晓。她的故事终将会在岁月中风化。如今,此地已荒草丛生没有了鲜花,一切悲欢也都被风吹走,散落在了天涯。

向爱靠近

李文明

"七一"前夕,我带领五名学生去市里表演节目《昌图满族剪纸》。一向内向的童童坐在了我的身边。我看着她一副若有所思的样子,就安慰她说:"别紧张。咱在学校时已经剪得非常熟练了。到台上,就像平时一样,不会出差错的。"她点点头。

其实我的心里和他们一样紧张,虽然我校的剪纸作品已经远送日本、新加坡等国,但这几个山村里的孩子去市里登台表演,还是第一次。尽管如此,在学生面前,我只能表现得镇定、泰然,做好学生的表率。

在五名学生中,童童是年龄最小的,只有十岁,也是唯一的一个女孩子。本来,我是不想让她参加的。因为当初挑选剪纸选手的时候,有经验的老教师告诉我,让我都选男生,说女生心理素质不好,上台容易发慌。可童童听说要去市里表演,就蹦跳着非要参加不可,摇着我的手求我,向我保证她一定会出色地表现,保证表演圆满成功。一反她沉默安宁的常态。我被她纠缠得受不了,就说:"那你就跟着练,试试吧。"

她听我松了口,像受了大赦一般,再三感谢我,然后蹦蹦跳跳地跑开了。此后的每天下课、放学,只要有一点闲空她就要握着剪刀练习,而且进步飞快。我被她这股认真劲感动了,也被她对剪纸的痴迷感动了,辞退了一个调皮不听话的男孩,替换上了童童。在长达一个半月的练习过程中,童童是最听话最让我省心的孩子,可能是她知道自己上场的机会来之不易,才如此珍惜吧。她没令我失望,也不会让我在老教师面前无话可说。我很欣慰。

童童推了推我的胳膊,把我从回忆中拉回来。她怯怯地问我:"老师,我

能给我妈打个电话,让她来看我表演吗?"

我一时没明白她在说什么:"你妈?……"

童童羞涩地说:"我妈在市里打工。自从春节走后,我还一次也没见过她呢,我好想她。"她嗫嚅着,声音越来越小,长长的眼睫毛上还挂了一颗大大的泪滴。

我真怕影响到她的情绪,忙搂过她说:"孩子,等咱们到市里,就给你妈打电话,让你妈来看你剪纸,好吧?"

童童听我说完,立刻破涕为笑了,不好意思地倚靠在我的身上。

三个多小时的车程,孩子们都靠在车座上睡着了,童童也偎在了我的怀里睡着了。瘦小的她,像一只猫似的,红扑扑的小脸,一副恬静的神情。不知道在梦里,是否已经提前见到了妈妈。

看着这小小的孩子,我又陷入了一个多月前的往事中。童童在剪纸课上,大多数时间都是静默的,根本看不出她有多热爱剪纸。是那次我跟她班老师无意中说起,要带几个学生去市里表演剪纸之后她就变了,变得对剪纸热情高涨起来,几乎把能利用的所有时间都用在了剪纸上。难道这个小小的孩子,是为了来市里和妈妈见面,才竭力要参加这次表演的? 真难为了她这颗小小的心啊! 我疼爱地摸了摸童童的头。她又向我的怀里靠了靠,是不是在梦里,把我当成她的妈妈了?

想到孩子的心愿,我不禁担忧起来,我们是去市政府的礼堂表演节目的。大家都是凭票进入。她妈如何能进得了礼堂呢? 如果母女不能见面,势必会影响到孩子的心情,她为了见妈妈而来,失望后怎么可能心无旁骛,把节目表演好呢? 而且,我们是掐准时间来的,表演完了还要马上回去。毕竟,我们路途遥远啊!

车刚驶入市里,童童就像有人叫了她似的,醒了。看到外面繁华的街景,她问我:"老师,到市里了吗? 给我妈打电话,行吗?"

我点点头,掏出手机递给童童。她接过去看了看,又还给了我。她不会拨号码。我替她拨通后,又递给她。她把手机放在耳边,大声说:"妈,我们

老师带我们来市里表演剪纸了。你来看看我行吗?"

听到这,我连忙告诉她我们演出的地点,童童重复了一遍,又说:"不行,我们演完就得回去。我得跟老师在一起。"

不知妈妈在那边说什么,只听童童用几近哀求的声音说:"妈,你就请假呗。我能来一次市里多不容易啊!我们都多长时间没见面了?我天天做梦都跟你在一起。"

童童停下来,哽咽着。

我连忙抚着她的头发问:"童童,妈妈说什么?妈妈是不是因为上班太忙请不了假?妈妈想留你在她身边住一宿吗?你要理解妈妈,她一定也很想见到你的。"

童童把手机还给我,说:"妈妈说她跟老板说说,尽量来。"

她妈妈在一家小餐馆当面点师。我们的演出时间是下午一点半,这个时间餐馆里一定还有很多客人。她妈妈怎么跟老板请假呢?老板会答应她吗?我看着童童神情黯淡,低垂着头,心里也乱糟糟的。

我搂过童童,抚摸着她手掌上因练剪纸而磨出的茧子说:"童童,别难过了。妈妈一定会想办法来看你的。就算实在来不了,咱来参加这么大型的演出,也能上电视的。到时候让妈妈看到电视里的你,妈妈同样会非常高兴的。"

童童一听说要上电视,立刻抬起头,用亮晶晶的大眼睛看着我。半晌,她说:"其实,我早就知道妈妈打工非常忙,非常辛苦,非常不容易。我知道就算我来了,她也未必能请下假来的。但是,我还是要积极争取到市里来。我想,哪怕我见不到妈妈,能到市里,也是离妈妈很近了。我一样觉得很温暖。"

童童竟是个这么懂事的孩子,她说得我的心都要碎了,我紧紧地搂着她,半天才把眼泪忍回去。我说:"好孩子,不管妈妈能不能来看咱,咱既然来了,就要好好表演,别让回忆留下遗憾。"

童童郑重其事地点了点头。

直到演出开始了,也没见到童童的妈妈。童童上台了,眼神里闪过一丝失落,但是,整个剪纸过程她都表现得十分流畅,十分自然,比平时哪次练习做得都好。我的心终于放下了。

表演结束了,我们开始往外走,大家都兴高采烈地谈论着刚才的表演。童童始终一句话也没说。我知道她一定是因为没见到妈妈而难过,可又不知道该如何安慰她。

走出礼堂,童童突然冲下台阶,一边跑,一边喊:"妈妈!"

台阶的下面,一个中年妇女刚跨下自行车,童童扑进了她的怀里,她一把把童童抱起来,亲了亲童童的脸蛋。见我走过来,她放下童童,从车把上摘下一个塑料袋,说:"老师,我来晚了,没看见孩子演出。这是我们老板让我给孩子们带来的馅饼,您给孩子们发吧。"

我接过馅饼,激动地说:"大姐,你能来实在是太好了。童童表演得非常出色,真是个好孩子。"

听我这么说,妈妈高兴地摸了摸童童。

我们要回去了。妈妈又亲了亲童童的小脸,从车筐里拿出一个纸盒,说:"童童,前几天给你买的裙子。"又从兜里掏出50元钱,放进童童的衣兜说:"回家给奶奶。"童童点头答应了。

上车后,童童跪在大客车最后一排的座位上,不停地向妈妈幸福地挥手。

别被自己吓倒

厉剑童

高三时候，他的学习成绩非常糟糕，原因很简单，他暗恋上了班里的一个女生。女生跟他一个村，从小学到初中，一直一个班。女孩说不上漂亮，可他就那么难以优点舍地喜欢。课上他常常走神，一节课下来，老师讲了什么他一句也没听见，更谈不上记住。短短几个月，成绩一落千丈。班主任找他谈心，也无济于事。

他恨自己，也很努力地克制自己，逼迫自己不要去想她，集中精力学习，几经努力，可当明白一切努力都是徒劳的时候后，他绝望了。他知道这样下去的后果是什么。他很痛苦，无法解脱，常常一个人跑到学校东边的小河边茫然地徘徊。眼前总是一遍遍浮现出身患残疾的老父亲面朝黄土背朝天辛勤劳作的情景。想起每次回家拿干粮，农活再忙，父亲也要亲手帮着收拾包裹，送他到村口。包裹里都是父亲平时不舍得吃的精细干粮。他很自责，觉得对不起老父亲。

落下一步，十步难撵。长时间的苦闷、犹豫、彷徨之后，他心里产生了辍学打工赚钱的念头。起初，他被自己的这个想法吓了一跳。转念一想，与其学不进去白白浪费时间，还不如出去打工，也好减轻父亲肩上的负担，看一看外边的世界，说不定能闯出一条新路。他又很为自己的这一想法激动。

主意拿定，他决定临走之前，找那个女生谈谈。即便不抱任何希望，至少让她知道自己的一颗心。没想到，当他红着脸表明自己的心思和自己辍学打工的想法，却遭到女孩委婉的拒绝和忠告。他感到很难为情，觉得没脸见她，他横下心，下星期就走，到哪都行。

正巧,第二个星期,学校让学生回家拿干粮。他悄悄收拾好书包回了家。家离学校不远,翻过一座小山,步行一个小时就到了。

到家的时候,父亲正扛着一背花生一瘸一拐地从地里回来,那背花生连秧子足足上百斤重,父亲的脊背弯成一张弓,头发蓬乱,头几乎垂到地面。他赶紧跑上去,将那背花生接下来。汗水混着花生秧上的沙土在父亲的脸上小溪一样流着,吧嗒吧嗒滴落在地上。父亲看着他憨厚地笑了。他鼻子一酸,眼泪差点流下来。

吃饭的时候,父亲煮了他最爱吃的鲜花生。父亲不吃,看着他吃。他有心事,低着头,闷闷地剥着花生。一抬头,看到父亲看他,脸一红,慌乱地剥花生。

以往的时候,每次回家父亲都会询问他的学习情况,这次父亲却没有问他,只是催他多吃些,一边说一边不断往他碗里夹菜。他不敢抬头看父亲那张满含期待和沟壑纵横的脸。那张脸上写满了太多的沧桑。

吃完饭,父亲拿着绳索,要他和自己一起去背花生。走到自家场院的时候,他看到,那里堆放着一大堆小山一样高的花生。

到了地里一看,那么一大片地,满地都是早拔下的花生,几时才能背完?他犯愁了。父亲看了他一眼,没说什么,弯下腰,捆了一大一小两个捆。父亲扛起那个大捆,他扛起那个小的。往回走的时候要翻过一道山岭,父亲腿脚不灵便,扛着那么大一捆花生,步履有些蹒跚,他几次提出跟父亲换过来扛,都被父亲拒绝了。

两个来回扛下来,他已累得骨头都快散了架,肩膀火辣辣的痛,刀割一般。他感到从没有过的重负。他咬紧牙关,强忍着,终于在背第四趟的时候,一屁股瘫倒在地,爬不起来。父亲没说什么,自己继续背花生。他坐不住了,强撑着起来背。一下午,父亲来来回回背了十几趟,而他只背了六趟。

满地的花生在父亲的脊背上越背越少,自家的场院里又多了一个更高更大的"花生山"。卸下最后一捆花生,他长舒一口气说:"总算背完了。"

"背完了。"一下午几乎没说什么话的父亲接茬说。

休息的时候,他问父亲哪来那么多力气,背了这么多花生。

父亲吸了一口烟,意味深长地说:"我知道背一趟少一趟,别的什么也不想,越多想越犯愁,不等被花生压倒,自己早就把自己吓倒了。"

背一趟少一趟,别的什么也不想。父亲的话让他心里一震。他的脸唰地红了。

晚饭没吃,他背起书包,挺起胸,返回学校。

从此,老师发现他像换了个人似的,发了疯地学习,成绩直线上升。几个月后,他考取了一所著名大学。后来,他出国留学,成了美国一所大学的老师。

在国外的求学和工作中,他遇到了许多难以想象的困难,但他的心里始终想着那年父亲背花生时候说过的话,他一直对自己说:别被自己吓倒!。

他把信任还给我

张琴

那年那月，我每月的工资是三百六十二元四角六分钱，除去吃饭的钱，所剩无几，买一件像样的衣服也只能是一种奢侈，是梦中花、镜中月。

六年前，我刚刚中师毕业，在一所离市区较远的小学教书，教语文，兼教音乐、劳动、写字、自然、思想品德，并且任这个班级的班主任。至今想起，我仍然为那一段岁月郁闷。并不仅仅是因为自己累，更重要的是，我知道自己并不是一架万能的机器，所以我为这一群学生心疼，他们的教育肯定是受影响的。我担心自己会误人子弟。随着时间的推移，这种内疚渐渐远去，取而代之的是一种不耐烦，还有一点怨恨。

又到了学期结束，对于老师，除了考试重要，最重要的恐怕就要算补缴书本费了，也许连考试也没有它重要，因为学生考不好不会扣你的工资，但是如果书本费缴不齐，就要从你的工资里扣。

班上有五十六个孩子，家境几乎都不好。因为我们这个学校很偏僻，说起来是城乡接合处，其实就是农村了。这一次补缴的费用挺多的——七十六元八角，因而迟迟收不齐。校长的几次点名批评让我禁不住有些恼火了，一个月就那么点工资，我可扣不起，再说，怎么着我也不能做这种冤大头啊！最后我在班上下了通牒，假如明天还有谁的钱交不上来，你就不要来上课，也不要参加期末考试。孩子们的心是透明的，禁不住吓唬，第二天纷纷把钱带了来。钱如愿交了上来，可是当我在办公室里数着一张张带有体温的钞票、一枚枚带有汗渍的硬币的时候，心却开始无缘由地难过起来，眼睛也不由得有些湿润。这些都是一个个怎样的家庭啊！谁都不容易啊！正当我为

这些负重的家庭叹息时,窗口闪现了一个小小的脑袋,一双惊恐的眼睛在胆怯地探视——是晓风。全班只有他一个人的钱没有交上来,赶着上课,就没有追究了,只叫他下课以后到办公室来。

"为什么不交钱?你以为钱是交给张老师贪污啊?"我硬着心肠没好气地说。

"不,不是!"晓风嗫嚅着回答。

"那是为什么?"我生气地问,声色俱厉地问。

"妈妈说我们家就指望着爸爸,可是这个月爸爸的工钱还没有拿到手呢!老师,再给我两天时间吧!行吗?"晓风不敢看我,低着头。

我的心一颤。我知道,晓风的家境确实不好,他的妈妈是个瘸子,在家烧饭,爸爸在一个建筑工地打散工扛水泥。

我慢慢地点头,晓风感激得眼泪都流下来了,一个劲地说着谢谢。

我放过了晓风,校长却不能放过我,财务室也是一个劲地催。我只得先替晓风垫付了钱。虽然很多好心的老教师都劝我不要这么做,没有先例,但我还是这么做了。

一天,两天,转眼已经是拿成绩单的日子了,明天放假,这就意味着今天是晓风交钱的最后期限。我等待着。等待的结果是我呆呆地站在讲台上,孩子们欢天喜地地领走了自己的成绩单回家,可是我一直等待的晓风——他没有来。我再一次打开晓风的成绩报告单,语文九十六分,数学一百分。我可以相信这个孩子吗?现在是十一点三十五分。知道我在等什么的同事都笑了,坐我对面和我搭班的黄老师扔过来一只橘子:"消消火,死心吧,同志!晓风是不会来的啦,要来他早就来了。你不要再天真了。他的家本来就不在这里,是个借读生,想去哪里不行,偷偷地跑回乡下老家去了你都不会知道。""是啊,等也没有用,早先我们就劝你不要这么做,乡下孩子鬼着呢。现在只有认倒霉了,这七十六元八角自己赔吧!"我的心里难过极了,眼泪几乎要掉下来,我一个月工资才几个钱啊?上班将近一年我连一件像样的衣服都没有,就没有哪件衣服是超过五十块钱的,这个臭晓风竟然一下子骗走我那么多钱。不只是钱,还有我的信任!对,还有我的信任!

我再也没有见过晓风,听他租住地方的邻居说,晓风一家在考完试的第二天就走了,好像是回乡下老家去了。我郁闷极了。

一晃六年过去了,学校在新一任班子的建设下也在一天天变好,我再也没有做过类似的傻事,日子渐渐地过得惬意起来。

转眼又是元旦,如同往年一样,我收到了许多的卡片,可是我一点激动的感觉也没有。也许是做教师久了,麻木了吧。下班临出校门有门卫老伯喊:"张老师,你的汇款单!"以为是稿费单,我也没在意,看了看是壹佰元,签了字,往包里一塞就回家了。晚上我小心地展开,是晓风,我惊得跳起来。汇款单的附言栏里是简简单单的三个字:"对不起!"字写得很大,很用力。我不知所措,泪忽然涌了出来。一个十二岁的少年,一个家境贫困的小男孩,背负着怎样的心债,度过了怎样的六年啊!

感谢晓风,他还给了那属于我的钱,更重要还的不仅仅是钱,还有我对孩子对家长最真诚的信任。静静地,我仿佛听见心底花开的声音。谁说花开无声?

第四辑

走过那条风雨兼程的路

路漫漫其修远兮，吾将上下而求索。不管前方的路有多少风雨兼程，那个青草更青处，有我毕生探寻的最美丽的梦，漫溯是我人生永远的主旋律。

空心葱的母爱

杨 晔

　　早就听说"打苞子"的葱不能吃，不曾理会过。前几天去菜地里拔葱准备蘸酱吃，注意到几颗"打苞子的葱"长得也挺水灵，我想传闻或许不正确，这好好的怎么就不能吃。于是顺手拔了几棵。回到厨房洗葱、去干叶，随手将葱叶与葱白分开，我一下子惊呆了。这外表坚挺粗壮顶着一团葱籽的葱叶竟如此脆弱，用手轻轻一捏就裂开，葱壁泛白，用手一撕，便能撕下很细的一条，如丝绳一般干涩坚韧，果真无法入口。再看葱白，外观娇嫩饱满。可你是否曾知这葱白竟是一棵空心的葱管。一连几棵都是如此。我恍然大悟，这葱白、这葱叶，为了它们的后代耗尽了自己所有的养分与水分，为了种子的饱满与成熟，它们不惜牺牲自己的一切。我不禁感慨万分，我知道动物亦有母爱情深，可没想到这植物的母爱更是伟大。

　　我不由想起了自己的母亲。我的母亲现在已年过六十，可依然健康坚强，腰挺背直，耳聪目明，头脑灵活，做事干净利落，亲朋好友都很敬重母亲的为人，因为她善良可亲，从不嫌贫爱富，更因为她乐于助人，不遗余力。

　　我一直想写关于母亲的文章，可一直不知从何写起。印象中我的母亲没有过别人的妈妈烛光下飞线纳底的辛苦，没有过散乱着花发佝偻着背寒风中等待儿女的归来的身影，也没有过分手时的依依不舍和久别重逢后的泪眼婆娑，小时候的我几乎没有在妈妈的怀里撒过娇，也不曾得到妈妈温柔的抚摸。看多了别人笔下的母亲慈祥和蔼、温柔可亲、脆弱无奈，甚至饱受生活的艰辛或是忍受病痛的折磨，觉得那就是母亲的形象，而我的母亲不是那样，所以我一直不会写关于母亲的文章。

我们在家读书时，虽然过着衣来伸手饭来张口的生活，但母亲对我们很严厉，犯了错误还会狠狠地责骂我们。虽然那时妈妈给我买来让同龄小姑娘羡慕的漂亮的头花，为了学习便利上初中时就给我买了手表——小巧精致的上海牌坤表，记得那时我是班里第一个戴手表的，可当时的我似乎并不领情，觉得这都是她应该做的。记得当时我很羡慕一个同伴，因为她妈妈很温柔，说起话来很和气。我觉得自己很怕自己的母亲，有时甚至是怨恨，希望自己快些长大，离家远远的。所以在我的学生时代语文课上要求写描述人的文章时，我从来没写过自己的妈妈。

等我上了大学，母亲出手更大方了，给我买当时最时尚的化妆品、最漂亮的衣服，给我买夜光的西铁城，给我买最贵的收录机，连当时我班很骄傲的大连女孩都赞叹我的收录机功能最全、质量最好。可我当时懵懵懂懂，用现在的话来形容，就是一点感恩的心都没有，理所当然地接受这一切。可后来与妈妈的同事闲聊时，我得知妈妈从来就舍不得给自己买漂亮的衣服，尽管当时家里条件也算不错。

再后来，工作了，成家了，生子了。母亲依然无怨无悔地为我奉献着，只要说用钱，马上就送到；若要说用人，早晨打电话，十点钟人就到。其实我现在最庆幸的就是离家不远，坐火车只有一个小时的路程。几年下来，家里的火车票攒了有厚厚的几沓。妈妈来了以后，就像八路军一样里里外外收拾得干干净净，决不肯清闲地待一天，事情忙完后，就不拿"群众"一分一线地悄悄地离开。可成家以后的我也未必懂事多少，觉得母亲就是有使不完的劲，心甘情愿地为我们服务，并且以为我们多做些事为乐趣。

我的手有几年在冬天一沾凉水就过敏，而且我一直不愿用洗衣粉手洗衣服，因为洗后手很不舒服，有时也过敏。所以洗衣服时戴手套或多用洗衣机。母亲在我家洗洗涮涮时，我劝她用热水或戴手套，她说用不着，身体好着呢。她说她爱洗衣服，不怕凉，她还说她最爱用洗衣粉搓衣物，洗得干净还滑溜。我信以为真，理所当然地接受着母亲的奉献，心安理得地享受着母亲的劳动。

　　可多少年以后的一天，我和母亲上街。过马路时，我牵住了母亲的手，我不由暗暗吃惊，印象中母亲虽不曾过多地抚摩我，但我知道她的手是宽厚柔软的，是光滑细嫩的，因为母亲不是农家妇女，她是极爱学习念书的，她是曾经有过体面工作的而且工作很出色。可现在她的手背不再光滑而有些粗糙，手掌不再柔软而略微有些坚硬。我默默地牵着母亲的手，悄悄地感受着母亲手指肚的裂口。我为自己的粗心而汗颜，我为自己的无知而羞愧。为了她的女儿，为了我，她坚强地心甘情愿地做一切事情，甚至不惜用美丽的谎言去掩饰。

　　我带母亲买衣服买鞋，她总是推托说不需要，已有的就够穿。即使去了商场，她不是嫌颜色不好，就是不喜欢样式，结果总是买不成。我曾埋怨母亲挑三拣四，其实现在我明白了，她就是不想让我花钱。

　　还有……

　　我无颜追忆往事。看着眼前的空心葱，我恍然大悟，母亲的爱就如那空心葱一般，外表丰润坚强，默默承受着一切，却从不言语，一心只为自己的儿女。

　　我们一直安逸地生活在母亲坚强的翅膀下，如今我们的羽翼日渐丰满。母亲那无言的大爱如海洋般浩瀚，如高山般伟岸，已深深印在我的心灵深处。

　　爱能传爱，尽管我对这份爱领悟得晚。

走过那条风雨兼程的路

薛俊美

　　人生之路很长也很短,谁也没法说清自己的一生要走多少路。但每个人的路上,都命中注定会有风雨兼程,这样的人生才会美丽无憾。

　　记忆中,通往邻村小学校的路,是一条泥泞得没法再泥泞的路。平常还好,摊上雨雪天气,我和小伙伴只能泥里水里地滚一身,湿漉漉、潮乎乎地上下学。尽管这样,小小的我依然对上学充满了无限的憧憬和热爱。

　　无论天气多么恶劣,我都会坚持上学。那时家里很穷,没有钱买闹钟或是手表,只能靠母亲和自己看着月影的明暗来估摸时间。有时,母亲早起推磨忘记了时间,我就早早睁开眼,不敢睡了,生怕误了上学。约莫着时间差不多了,我揣上母亲烙的饼子,拿上一个腌菜疙瘩,斜背上母亲手工缝制的花书包,高兴地出门了。

　　尽管月色明明暗暗,但是脚下的步子轻盈有劲,走到同学的家门前吆喝几声,呼朋引伴,三三两两地结伴而行。

　　村子太小了,没有自己的学堂,只能步行六七里地去外庄的学校。这一路,我们有说有笑,童年里虽然有许多饥饿、哀伤的影子,但是小孩子懂什么呢,上学路上的一个蚂蚱、一朵小花,甚至是一块奇形怪状的小石子,也会让我们兴奋不已。那个时候,小伙伴讨论最多的问题,就是山外到底是怎样的一个世界,以及放学回家的路上去哪个桃园偷桃子吃。

　　那时的天,总是很蓝;那时的我们,总是那么快乐,常常笑出声来。

　　初一的期末考试,第一次让我尝到了生活的打击和残酷。走出家门,我一个人躲在草垛里,伤心地哭泣,尽情地把所有的委屈和痛苦释放。眼泪、鼻涕糊满了我的脸,我捶打着草垛,捶打着自己的身体。然后,我累了,倦了,昏昏沉沉地睡着了。直到鸟倦归巢,夜色茫茫中,我听到了母亲在庄里庄外焦灼地呼唤着我的乳名。

那一声声,满含着牵挂和疼爱,我很想母亲能骂我一顿,或是打我一顿。听着冷风中母亲凄凉无助的喊声,我的心里像刀割一样难受,我知道自己辜负了她——那个独自含辛茹苦抚养我长大的女人。

母亲找到草垛中泪如雨下的我,只说了一句"娃,咱回家"。我乖乖地任母亲牵着我冰凉的小手,朝家的方向走去。

那条路,很短也很长。母亲握我手的温暖,让我觉得脚下的路很短,站在屋门前的那一刻,我很想母亲就这样一辈子牵我的手,那种温暖的感觉,终生难忘。听着耳边传来母亲疲惫的呼吸声和沉重的脚步声,我第一次感觉脚步是那样沉重和凝涩,生活的重担不能总是压在母亲一个人的肩上,该是我长大的时候了。

初中、高中,我发了疯一样如饥似渴地学习。那时的我,矮小瘦弱,穿着打了补丁的衣服,坐在衣服上散发着好闻的肥皂味儿的城里同学中间,看着同桌一遍遍开、关着漂亮的啪嗒啪嗒响的自动铅笔盒,我把自己变成一尊雕塑,外表冷漠沉寂,内心焦灼卑微。我甚至都没有钢笔,只能把一个蘸笔尖绑在一根木条上,用心挥写属于我自己的人生之路。

我骑着一辆笨重的自行车,在家与学校一百多里地的路上来回穿梭了整整六年。要说,坐在优越感超强的城里同学中间,没有自卑感那是假的,但是我有我自己释放的方式,那就是在周末回家的路上放声高歌。虽然我五音不全,但这并不影响我对音乐的喜爱。学过鲁迅的《自嘲》,我把自己编进歌里,唱我的《自嘲》:苦苦求学欲何求,未敢贪玩忘前途。破衣烂衫上学校,雄心壮志永在心……

路上的每一颗石子,路边的每一棵小树,都成了我最好的朋友。它们默默地听我唱歌,看我流泪,风拂过我忧伤的长发,渐渐吹干我脸上悲伤无助的泪痕。

只记得,路在脚下无限延伸,我将车轮蹬得风一样快。少年的忧伤在青春里占据了很长很长的时间,多愁善感,莫名情愫,自卑哀伤……最终,都被我狠狠踩在脚下,努力和拼搏成为我每天的生活。因为我深知,上天降大任于斯人也,必先苦其心志,劳其筋骨,饿其体肤,行拂乱其所为。

我信奉鲁迅先生的那句话:"其实地上本没有路,走的人多了,也便成了路。"可以这样说,这条水泥路,将一个少年成长的轨迹抛出了最美丽的弧线,这是我一生中最珍贵的记忆。它让一个懵懂自卑的少年,尝遍生活的艰辛,磨砺出坚强自信的意志,逐渐蜕变成一个优雅美丽的女子。

在人生的轨道上,我缓缓前行。脚下的路,各式各样。沙土路,见证了我成长中的幼稚和快乐;水泥路上,我碾过无数的自行车轮印,花一样的青春年华似水流;铺着大理石的路面,我默默颔首,那些成熟和风度在我身上累积和沉淀……我一一走过,每一种形式的路上都留下了我的汗水和泪水,不敢说自己经历得太多,但是生活的确教会了我很多,我感谢脚下这条默默无闻的路。它总是在无限延展,带领我去任何我想去的地方。只要有梦想并付诸努力,实现梦想就不会是一个美丽的肥皂泡泡。

时间是一条呼呼疯跑的火车,回头看看身后的路,弯弯曲曲,印满了生活的疲惫和风霜,其中不乏美丽单纯、快乐简单。有些,不堪回首,已被吹散在风里;有些,值得铭记,随着时间滴答的分分秒秒,已被深深刻进记忆的年轮。

路上,我渐行渐远,风雨兼程带给我别样的曼妙人生。我走在路上,无憾无悔。

路漫漫其修远兮,吾将上下而求索。不管前方的路有多少风雨兼程,那个青草更青处,有我毕生探寻的最美丽的梦,漫溯是我人生永远的主旋律。

美丽的向往

刘黎莹

那天,空中飘着罗面一样的细雨。

我从细雨中走来,一直走到楼上的办公室。坐下后,忽然间非常想念一个人。到底想念谁? 我竟一时说不上来。但我心中的的确确是在想念。那种想念很撩人,我试着看了会儿报纸,跑到隔壁办公室找漂亮女同事聊天,都无济于事。我皱着眉,一副愁肠百结的可怜相。后来,我拼命搜索这些年来我曾经想念过的所有人,男的女的老的少的,竟吃了一吓,在我脑子里晃来晃去的竟都是些帮我办过事的人,或多美言几句让我坐了办公室的上司;或为我女儿上幼儿园,低三下四求过人的铁哥们儿……我静静地一个人在办公室待了半天,竟无一人能承载我莫名其妙的思念。

人世间最大的幸福就是你在思念的时候,闭上眼睛也能看见这个人;最大的不幸就是你沉浸在难言的思念中,但无论如何你想不起思念的这个人是谁,但你又陷在这种思念里不能自拔。在这种苦不堪言的煎熬驱使下,我一个人骑上摩托车在城区里毫无目标地兜来兜去。

一个苍老的声音响在我的耳畔。

我停下车四处打量,周围并没有一个老人。

就在那一刹那,我明白我想念的人是谁了。

我掉转车头,向着城外飞驶而去。

我来到了一个小镇。

年老的姑姑就住在小镇上。

姑姑看到我,显得有些激动:

"没想到你今天来看我。"

姑姑笑容可掬。

"我就知道你不会忘了我这个孤老婆子的。打小我就看出你是个有出息的孩子。"

我垂了头,低声说:"姑姑,小的时候你最疼我。可我直到现在也没混上一官半职。"

"傻孩子,在老人眼里,有没有出息,并不在乎你是不是当官。懂吗?"

我点点头,说:"姑姑,以后我会常来看你的。"

姑姑高兴得像个孩子,仍像十多年前那样牵着我的手,沿着镇上的石板小路,向那个卖冰糖葫芦的小摊走去。

我的父亲兄妹六个,姑姑是老大,父亲最小。姑姑很喜欢我的父亲。后来,姑姑结婚后一直不生育。我小时,父亲让我在姑姑家待了好几年。我每次在学校里领回奖状,姑姑都要笑眯眯地夸我有出息,并牵着我的小手,去买一串冰糖葫芦犒劳我。

来到卖糖葫芦的小摊前,姑姑掏出一个小手绢,一层层地打开,摸索出一枚崭新的一元钱硬币。姑姑端详了半天,才恋恋不舍地用那枚硬币给我买了串糖葫芦。

"吃吧。"

姑姑慈祥的目光抚慰着我,我仿佛又回到了十几年前,变成了那个流清鼻涕的光头娃儿。我一点也没感到难为情,就在大街上,众目睽睽下吃那串酸酸的甜甜的糖葫芦。

吃完,姑姑干枯的手抖动着,帮我把嘴角上的冰糖碴儿擦拭掉。

"姑姑……"

我想问一下,她是否喊过我?

我的确在城区的大街上听到她说话的声音。

可我的嗓子眼儿堵得难受,说不出一句囫囵话。

沐浴在温馨的亲情中,我的心灵得到了未曾有过的安宁。久违的感觉、

久违的温暖,我把头低低地垂下,我不想让姑姑看到我的眼睛,但不争气的泪水还是轻轻滑落在姑姑花白的头发上。

姑姑长长吁口气,说:"好了好了,咱回家吧。我给你擀鸡蛋面条。"

回家的路上,姑姑告诉我,刚才花掉的那枚崭新的硬币,本来是她准备用来上路时含在嘴里的。人临上路的时候,嘴里是不能空的。空了到那边儿要挨一辈子的饿。她怕跟前没人,到咽气时要早早地自己先放到嘴里含上才放心。她想早早地准备身后的事。现在,我来看她,她心情好多了。

姑姑说:"有你常来看我,兴许一时半会儿这枚硬币又用不上了。"

我说:"姑姑,明天我把你接到城里住几天吧。"

老人开朗地笑了。笑得像个孩子。

在老人的笑声中,我又一次落了泪。

我知道,等我再回到我居住的城区时,我是不能轻易落泪的。

城市不需要眼泪。

我忽然间明白了一件事:我真的是长大了,长大了的我是那样的向往我的童年。向往到一个人少的地方。

姑姑是真的老了。

苍老的姑姑是那么向往城市,向往人多的地方。

那一晚,我住在了姑姑家。我想,以后我会常来看看姑姑的。常到乡下来看看走走。这里才是我向往的地方。

我和姑姑都沉浸在美丽的向往中。

当我早上醒来时,姑姑没能从床上起来。姑姑永远地走了。但姑姑的脸上没有丝毫的痛苦表情。

是我带给了姑姑美丽的向往,但姑姑又带走了我的美丽向往。

人生就是这样,总是有太多的无奈在不远不近的地方等着你。

暗的是眼，亮的是心

梦 芝

不知什么时候开始，街道对面冒出一家按摩店来。据说按摩师的技艺很不错，一通按摩下来，保证你浑身舒畅。老公从不喜欢让别人触摸他的身体，但在一次被朋友拉去这家按摩店后，他竟然喜欢上了按摩。隔三岔五便会去那儿，让按摩师给他拿捏一番。我经常陪老公去那儿，时间长了，我便和这位按摩师熟悉起来。

这个按摩师年纪并不大，大约二十五六的样子，很帅气的一位小伙子。他不但按摩技术高超，而且也很开朗幽默，只要进到他店里的客人就没有不喜欢他的。但这位按摩师却有一点与平常人不一样。他的与众不同之处在于，他是一个盲人。

他告诉我们，其实，刚生下来的时候，他是一个健康的孩子，最喜欢在田野里玩耍。到了秋天，黄色的稻谷一望无边，是他怎么看也看不够的景致。灿烂的金黄和湛蓝的天空，是他最喜欢的两种颜色。他最喜欢的事情便是画画，他梦想着将来能成为一个画家，画出最美丽的秋天。为了帮他实现梦想，母亲还给他报了绘画班。

在十二岁那年的一天，他背起画板去田野画画，看到一群少年围在一起玩着雷管。他们欢乐的笑声吸引了他，他好奇地走上前去，一声巨响之后，他的眼睛被炸坏了。那时候，他刚以优异的成绩考入重点中学。本来拥有的一个充满着美好希望和梦想的人生，一瞬间跌落在地上，"哗啦"一声摔得粉碎。从此，他的世界变得一片漆黑。

那段日子，他后悔、痛苦、崩溃，他摸索着将自己的画笔全部扔掉，还砸

了画板,他甚至不停地咒骂自己,狠狠扇自己的耳光。但在筋疲力尽后他明白了一个道理:即使把整个世界都砸烂,他也不可能回到从前了。他把自己封闭起来,再也不迈出家门一步。

望着沉默的儿子,父母心疼不已。他的眼睛花光了家里所有的积蓄,为了挣钱还债,父亲放弃了家里闲适的生活,出门去打工。母亲则守在他身边,陪他度过每一个黑暗的日子。明知道儿子的眼睛没有复明的希望,但他们依然四处奔走打听,希望能有一剂神药给儿子治好眼病。但这一切他都看不到,他只是陷在自己的恐惧中无法自拔。

有一天,母亲出外帮他寻找药方,直到夜深依然没有回来。他坐在门口,紧张地听着外面的动静,希望能听见母亲熟悉的脚步声。但是,他一次次地失望了。内心的担忧和恐惧搅得他心神不安,他实在无法等下去。于是,他向门外那条小路摸索而去。他以为自己会不断地摔跤,也做好了这个思想准备。但是,这条小路他走了整整十二年,路上哪儿有一个水洼,哪儿有一棵树,他全部记得清清楚楚,而且他心中惦记着母亲,所以,竟然没有跌倒。

不知走了多长时间,就听见前面响起母亲那熟悉的声音。那一刻,他心中忽然亮堂起来,飞奔过去,扑进母亲的怀里。

母亲怔了一下,随即紧紧地抱着他,在他耳边不停地喃道:"儿子,你怎么出来了? 万一摔跤了怎么办? 都是妈妈不好,都是妈妈不好。"

"我没事,"母亲的自责让他很难过,他安慰母亲,"妈妈,我以为自己看不见一定会摔跤,但是我用心走路,竟然没有摔跤啊。"

母亲闻言笑了。她拉着他的手,语重心长地说:"这就是了。儿子,失明并不可怕,只要心中的眼睛没有失明,你的人生就不会是一片漆黑。有时候,用心照亮的人生,比眼睛看见的人生更加美丽。孩子,记住,暗的是眼,亮的是心。"

那一瞬间,他的心中豁然开朗起来。他接受现实,开始积极地面对人生。一次偶然的机会,他从广播里了解到盲人按摩行业,于是他便开始学习

按摩。他夜以继日地学习,甚至在自己身上培养触觉。经过不懈的努力,他成为一名技艺高超的按摩师,而且生活得多姿多彩。

是啊,眼睛失明并不可怕,可怕的是心灵上的失明。只要心中有信念,即使你身陷黑暗的困境,也不会感到绝望。

妈妈的第五十六根棒棒糖

张军霞

　　拍摄了一天，演员们又饿又累，终于等到导演宣布收工，大家急急忙忙收拾道具，盼着赶快回宾馆洗个热水澡。

　　李美美又落在了最后，她照例从背包里拿出一大包棒棒糖，送给围观群众中所有的小孩，当她最后一个爬上车时，大家的脸上都写着不耐烦。李美美对大家的反感，总是摆出熟视无睹的模样。每一次，不管拍戏到多晚，也不管多累，只要现场有小孩子在围观，她一定要把棒棒糖送出去才罢休。

　　那天，导演有事提前离开了，收工时，李美美又在发放棒棒糖，司机在大家的怂恿下，开着汽车一溜儿烟跑了。

　　第二天，导演亲自赶来道歉，毕竟，李美美是这部电影的女主角。彼时，在小山村滞留了一夜的李美美，正为一个小女孩梳理头发，她的脸上，看不出丝毫愠怒。为了表达歉意，导演请李美美吃饭，趁机向她说出心中的疑惑："你为什么喜欢送棒棒糖呢？"李美美低下头，慢慢啜了一口酒，淡淡地说："我给你讲个故事吧！很多年前，在一个偏僻的村子里，有个女孩因为家里贫困，被父母送到城里去当保姆。她勤劳能干，深得主人夫妇的喜欢。可后来，不幸降临，男主人的一个侄子从国外来度假，喜欢上了这个朴实美丽的女孩，他们偷偷恋爱了。假期结束，年轻人一走了之，女孩怀孕了。她又羞又怕，走投无路，找了个借口辞去工作，黯然回到小村。

　　"她坚持生下了自己的孩子。村子所有的人，从此把她看成一个伤风败俗的女人，他们躲得远远的，即使最粗俗的农妇，也耻于和她说话。

　　"父母都已离世，孤苦伶仃的她，为了养活女儿，自己开了一块荒地，种

些蔬菜，拿到镇上去换钱。一次，她拉着女儿的小手走在路上，被几个孩子用石头投掷，边掷边骂：'不要脸的女人，真不要脸！'

"女儿吓得大哭起来，她却趴到她耳边，悄悄说了一句话，然后，又从路边的小卖店里，买来一根棒棒糖。女儿把糖含在嘴里，就甜甜地笑了。

"接下来，又有一次，村里有位男子，在进城送货时，帮她捎了两捆蔬菜，他的妻子知道了，追着她又撕又打。她不说话，不还手，擦干嘴角的血丝，趴在惊恐的女儿耳边说着什么，又像上次那样买来棒棒糖，女儿就又笑了。

"有一天，不知什么原因，她又得罪了村里的人，他们把她种的蔬菜连根拔起，用棍棒把她养的鸡鸭打得到处乱飞，连做饭的锅都砸了。女儿躲在角落里，瑟瑟发抖，直到妈妈又递来一根棒棒糖，她忽然站起来，在墙上划下一个记号。当妈妈的这才发现，这样的记号，已经划了很多，她问道：'宝贝，你在干什么呀？''这是我吃到的第二十一根棒棒糖了，我要好好记着，将来，我要赚很多很多的钱，也为妈妈买一样多的棒棒糖！'那一刻，小女孩不明白，妈妈为什么突然泪如雨下。

"当墙上的记号画到第五十六次，她卖菜归来时，失足跌到山沟中，昏迷之际，还捏着手里的两枚硬币，喃喃地说：'丫丫别怕，我又赚到棒棒糖了……'围观的人们惊讶地发现，小女孩站在路边，面对如此血腥的场面，她脸色平静，没有半点儿惊恐。'你的妈妈快要死了！'有人大声喊。

"'不！你骗人！这些全是假的，因为妈妈早就说过，她是演员，只要演好戏，就能为我买很多棒棒糖……'小女孩稚嫩的话语，刹那间刺痛了冷漠的村民，他们抬起她，疯狂地向医院跑去。还好，她的命保住了，从此却只能坐在轮椅上。

"多年之后，小女孩成了一名真正的演员，她赚的钱，终于可以买很多很多棒棒糖了。那个女孩，就是我。每次拍戏时，看到现场的小孩，我总会忍不住想起妈妈为我赚来的那五十六根棒棒糖……"

李美美的故事讲完了，她拿起围巾，最后说了一句："对不起，我想退出这次拍摄……"

第二天,导演宣布停拍一天,他带着剧组所有的人赶到了疗养院。远远地,他们看到李美美正推着轮椅上的母亲散步。

　　"我代表大家,向你道歉,请回到剧组来吧!我已经找了新剧本,下次就拍摄棒棒糖的故事……"导演的真诚,让李美美不知所措。这时,有几个小孩子跑来围观,导演像变魔法似的,从口袋里拿出棒棒糖,剧组的演员们也纷纷效仿,他们一起将棒棒糖发到每一个孩子手中……

　　李美美趴在妈妈的肩膀上,轻声说:"好多好多的棒棒糖……"她忍了很久的泪水,终于潸然而下。

有一种感恩叫作"心安"

刘述涛

四十多岁的他,推着轮椅,轮椅中坐着一位比他大许多的女人,女人的脚边上放着一块大纸板,纸板上写着:装修木工,按质量论价钱！地上摆放着一些木工工具和一大塑料瓶的水,这一切看起来十分零乱,就和他现在的生活一样,让人感觉到凌乱不堪。

其实,他原可以不用过现在这样的生活,坐在轮椅中的女人既不是他的家人,也不是他的妻子,她只是一个原来和他一起共过事叫作黄文生的工友的老婆。

是什么原因让这个女人和他有了关系,有了现在的这篇故事?

这还得从十四年前的那场车祸说起,那时候他和黄文生同在一家装修公司打工,做的都是木工。有一天,老板让他们俩从停在马路边上的车子里扛长木料上楼,走在前面的他,当时不知道为什么忽然之间觉得很不舒服,就朝走后面的黄文生说了一句:"换个肩扛,你走前面去!"黄文生刚一走到前面,就看到对面冲过来一辆小车,笔直地奔向自己,黄文生吓呆了,他也呆住了,等到他醒悟过来,黄文生已经被车子撞飞了出去,断了的木料散落一地。可怕的是小车竟不停,疯了似的朝前奔驰,一会儿就看不见踪影,黄文生也再也没有醒来。

黄文生死了之后,他开始整夜睡不着觉,他总是在想,如果当时是自己走在前面,那么死的就是自己,如果自己不……他越想越觉得自己应该到黄文生的家里去看一看,因为自己这一辈子欠黄文生的。

走到这栋半山腰上的低矮瓦房里,他又一次呆住了。他想不出用什么

字眼来形容自己当时的心情,他只知道,在这个臭气熏天的房内,他看到一个躺在床铺上的女人,正在对一个半大的小孩子说:"去烧点水给妈妈喝,去烧点水给妈妈喝。"

他二话没说就开始烧水,等到一切忙清楚,他才知道黄文生的车祸由于司机的逃逸到现在也还没有拿回一分钱的赔偿款,当时装修公司的老板像他自己说的那样,能给三千块钱,已经仁至义尽,因为黄文生的事故公司完全没有责任,何况也没有跟黄文生签任何的劳动合同。

埋葬完黄文生,黄文生的老婆也倒下了,可也没有钱治,更借不到钱,没有人会愿意把钱借给一个本就拖着一身病的女人和一个才五岁的小孩子。

他把黄文生的妻子拉到就近的镇医院,镇医院的医生说这样的病当地治不了,他又拉她到县医院。县医院让先交一万块钱,他给自己的家里打电话,骗家里的人他谈了个对象,现在要钱到女方家去定亲,家里的人给他凑六千块钱,他又把自己所有的积蓄都用上。

钱用完了,病却没有完全治好,黄文生的妻子留下了双腿、右手不能正常活动的后遗症。他对她说:"从此,我就是这个家中的一员,我来照顾你们母子俩!"黄文生的妻子哭了,但却还是赶他走,对他说:"你有良心,记住黄文生与你是工友的情谊,我谢谢你,但我不能够耽搁你的一生,我比你大那么多,而且又是现在这样的一个情况,你和我们在一起,我的良心又怎么能安?"

黄文生的妻子说到做到,他端到身边的饭不但不吃,还用能动的左手打翻,他要给她擦洗身子,她就骂他不懂得羞耻。可不管黄文生的妻子怎么闹,怎么吵,他都不哼一声地站在边上,等到她闹够了,闹累了,他就好言好语地相劝。到最后黄文生的妻子也累了,不再吵闹,但仍然是冷冷地对待他,在她心里,始终相信这是他一时头脑发热的想法。

他的父母知道了他做的事情,一到他的面前,两位白发苍苍的老人就跪在他的面前,对他哭喊:"孩子,你是不是吃错了药,还是被鬼纠缠住了,你要是觉得对不住黄文生,我们全家人帮你,凑钱给他家。可你又何必要把自己

的这一生搭上?"他也跪在父母的面前,对父母说:"我不是鬼迷心窍,而是我睡不着觉,我心里不安呀,我只有这么做了,我才心安,我才能够睡上一个安稳的觉。"

到后来,他的父母家人都没有办法,但黄文生的妻子对他的父母保证,一定不会强留他在身边,他什么时候想通了,就什么时候都可以离开,他的父母一边擦着眼泪,一边离开了那家徒四壁的家。

为了让孩子上得起学,让黄文生的妻子能够得到好的治疗,他带着黄文生的妻子来到了省城福州,在福州的仓山租下了一间不足十平方米的房子。有一次医院复诊的时候,医生对他说:"你老婆这样天天睡在家里不行,不但不利于血液的流通,还会加快大脑的萎缩。"他没有对医生说这不是自己的妻子,但他却把医生的话记在心里。

第二天,他从钢材店买来小钢条、小钢板,又从自行车店买来轮胎、车圈,他对跟自己一样在搞装修的焊工师傅说,帮帮忙,给我焊个轮椅出来。焊工师傅也以为他是给自己的老婆焊轮椅,张嘴就要他请客吃饭,等后来知道他是照顾与自己没有一点关系的女人的时候,硬是塞回了请客的饭钱给他,还对他说,下次要焊什么,就别买材料了。

有了轮椅,他只要还没有找到工作,就把这位别人认为是他妻子,其实又不是他妻子的女人抱上轮椅,推着在城市四处走,说说话,吸吸新鲜的空气。

不知不觉,十四年过去,他原来黑漆一样的头顶,现在已经趴满了白发。他没有再去结识过任何一个别的女人,也没有和身边的这个女人结婚,他就在她的身边,没日没夜无微不至地照顾着她。曾经有多位记者想要采访他,他却不肯,他说:"我只是一普普通通的农民,我所做的这一切,就是为了自己的心安。"他还说:"如果当时我走在前面,那么我就没了,所以现在我在替黄文生活着。"

他的名字叫赵根生,一个普通得不能再普通的名字,我见到他的时候,是在火车上,他说他要离开这座城市,他讨厌被人采访,更讨厌被人关注,认为他值得施舍，因为他觉得他能够养活自己和身边的这个女人，何况黄文生的儿子也已经大学毕业，他更不想因此而影响了孩子。他对我说，做这一切，对于他来说，只不过是为了自己心安，睡个好觉！所以，在你的城市，如果发现这么一位推着轮椅，脸上露出平静笑容的男人，请一定不要上前去打扰他，因为一个人能够心安，日日睡一个安稳觉，比什么都重要！

夕阳又低了一点

李良旭

在外打工已有两年多没回家了。每次和父亲通电话,父亲最常说的一句话就是:"你在外面一定要保重啊!"我边应答着边说道:"爸爸,您在家也一定要保重啊!"

话筒里,传来父亲应答声。像我回答的一样。

"保重",成为我们父子通话时说得最多的一句话,仿佛说了这句话,就抚平了心中的那份牵挂和遥望。脑海里常常浮现出这样一幕情景:家乡老屋前,只剩下父母两位老人了。孩子长大后,一个个都外出谋生了。那一大家在一起吃饭、孩子们在一起打打闹闹的热闹、喜庆的情景再也找不回来了。

听说父亲病了,躺在床上已有好些天了。这个消息,还是母亲偷偷打电话告诉我的。母亲说:"你爸一直不让我告诉你,说孩子知道了,会更加牵挂了,你们在外谋生不容易啊。"

当我嗫嗫嚅嚅跟老板说了家乡老父生病的情况,老板竟大发善心,特准许我请三天的假,叫我回来后,将三天假补上就行了。

听了老板的话,我恨不得立刻给老板下跪了。员工都知道,老板很苛刻,恨不得让员工一天干二十个小时的活,看到有员工休息了一下,他就会大声嚷起来。员工们在背后给老板起了个绰号,叫"周扒皮"。

我刚走出屋外,就听到老板似乎自言自语地说道:"人活着都不容易,我的老父老母也在老家,真的让人很牵挂。"

仿佛听到阳光落地的声音,我的眼泪一下子就流了出来……

坐了一天的火车,在乡村走了很长一段路,翻越了几个山头,我终于到家了。

在村子里,我看到的都是些老人和幼儿,青壮年一个也见不到了。在村里,只见到二傻子在闲逛,他后面跟着他的老母亲。据说,二傻子在年轻时,曾和一个姑娘谈恋爱。俩人谈了四五年,就要谈婚论嫁了,不想,那女孩子跟一个小工头偷偷地好上了。最后,小工头将女孩带到城里去,再也没有回来。从此后,他就变傻了,现在成了村里唯一的壮年人。

走近家里老屋,看到老屋仿佛显得更加苍老、憔悴。土墙上,开裂出一道道弯弯曲曲的口子,墙面结出一层层薄薄的泥片儿;屋顶上,长满了枯黄的狗尾草,在无精打采地摇晃着。

门是虚掩着的。轻轻一推,门发出吱嘎、吱嘎的声响,好像老牛重重的呼吸。一道阳光投进了屋子,顿时,阴暗的屋子里,有了一丝明媚、一丝活泼。

听到我的喊声,里屋传来一阵惊喜的声音:"伢仔,你怎么回来了?"

我一阵风似地进了里屋,见父亲躺在床上,母亲正坐在床边给他喂水。见真的是我回来了,母亲一个激灵,手中碗里的水都泼洒到床上了。父亲欠起身子,苍白的脸上泛起一丝红润,眼睛里闪烁着兴奋的光芒。

我坐到父亲的床头,父亲伸出手,一下子抓起了我的手,连声问道:"伢仔,你怎么回来了?"

我一侧身,发现母亲正向我使着眼色,我会意地一笑道:"这几天厂里生产任务不忙,我就抽空回来了一趟。"

父亲听了,把我的手握得更紧了,嘴里连连说道:"好!好!回来一趟好!"

我从包里拿出父亲平常喜欢吃的冰糖,拿出一小块要放在父亲的嘴里。父亲伸出手,要自己拿。我固执地要亲自放进父亲嘴里。父亲只好张开嘴,有点木讷地憨笑着。

我一下子愣住了,只见父亲嘴里的牙几乎都掉光了。记得前些年见到

父亲时,他嘴里只掉了几颗牙,还能吃排骨。没想到,再次见面,竟发现父亲嘴里只剩下红红的牙床。

母亲在一旁说道:"我们现在只能吃一点稀饭、豆腐了,稍微硬点的东西,都不能吃了。"

我扭头一看,只见母亲嘴瘪瘪的,满嘴的牙也全掉光了。我突然悲从心起,眼圈一红,哽咽道:"怎么会是这样?怎么会是这样?"

父亲轻轻地用手戳了我一下额头,笑道:"傻孩子,这是大自然的规律么,有什么难过的?"父亲的语气里,有一种无限的苍凉和淡然,好像这一切早已看透。

吃罢晚饭,母亲对我轻轻地说道:"孩子,跟你商量个事,看你能不能帮我去拎一桶水来? 我拎一桶水很吃力了!"

看到母亲唯唯诺诺的样子,我心里咯噔一下。在我的记忆里,母亲做起事来干脆麻利,家里什么事都不用我们操心。前些年回家,母亲拎起一桶水还很利索,没想到,再次见面,母亲拎一桶水都已经很困难了。

吃过晚饭,我对母亲说:"晚上让我跟父亲睡一起吧,我有很多年没有和父亲睡过了。"

母亲听了:"笑道,你呀,都这么大了,怎么还像个孩子? 好吧。"母亲忽然好像有些不放心似的,转身又对我叮嘱道:"孩子,半夜里你父亲还要喝点水,记得夜里给他喝点水。"

父亲看到我晚上要和他睡在一起,显得很不习惯,他说:"你这孩子怎么想起来要和我睡在一起,外面不是有床吗?"

我说:"我小时候不是一直和你睡在一起吗? 今天晚上就让我再当一次小孩吧!"

父亲大声地咳嗽了几声,我赶紧端来一杯水,让父亲漱漱口。父亲好像很不习惯。

我睡在床上,父亲竭力地往里边挪动了下身子。我把父亲的腿往身边搂了搂,父亲的腿好像一下子变得僵硬了,一动不动。

睡在父亲床上，我好像闻到被褥里一种久违的熟悉气息。在这种熟悉的气息里，我渐渐地睡着了。睡得很踏实、很香甜。

清晨，我的耳边忽然想起母亲的声音："孩子，夜里给你父亲喝水了吗？"

我一惊，说道："没呢，我睡着了。"

母亲听了，轻轻地叹了一口气，赶紧端来一杯水，让父亲喝下。只听到母亲对父亲轻轻地说道："夜里孩子睡着了，你喊他一声不就行了吗？"

父亲说道："孩子好不容易回来一趟，看他睡得好香，我哪好意思喊他？"

我听了，泪水一下子涌了出来。父亲把儿子当作客人了，不便再打扰儿子了。那一刻，我好像和父母亲的距离越来越远了。

第二天，我将家里水缸的水挑得满满的，又上山打了两大捆柴，我还爬到屋顶，将屋顶两块漏雨的地方修补好……我在极力地利用在家这很短的时间，想为父母多做点事……

当太阳西下时，我又要告别父母，踏上外出打工的路程。远方，有我的生活、我的梦想。

父亲执意要起床来送我。母亲惊讶地对我说："你爸躺在床上已有半月了，他今天竟能下地了。"

我看到，父亲坚持不要母亲搀扶，他努力地站起身，坚定地挪动着步子。

父亲和母亲站在老屋前，向我不停地挥动着手臂，夕阳将老屋和父母身上洒上一片金黄。我不停地回头张望着，发现夕阳又低了一点，又低了一点。老屋和父母身上的夕阳，渐渐倾斜了……

不知怎的，我已是满脸泪花……

在村口，我又碰见二傻，他后面跟着他的老母亲。二傻冲我傻傻地笑着。我看到，他笑得很干净、很清澈。

我也努力地冲着二傻笑了笑。突然，我感觉我很多年没有这样傻傻地笑了。我笑着、笑着，竟笑出了眼泪……

西红柿，爱的味道

王 霞

这个暑假，和家人两人一车，行程四千余里，穿行湘鄂大地。行前，嗜好水果的我备了种种，洗净装好，随时都可以取用。

然而，打从进入神农架的山区，我的目光就一直在路边搜寻，不是为了那漫山遍野烂漫盛开的野花，也不是为了各种颜色、形状的山果。以致后来，入住每一个城市时，我都要去早晨的菜市场转转。

我的目标，是西红柿。西红柿在我心里，已不再是一种单纯的果蔬，它已成了一段岁月的标志，成了我心里一种情感的依托。西红柿的味道，已融入我的思绪，在岁月里弥漫。我渴望在这原始森林的周遭，寻找到记忆中的西红柿的味道。

嗜爱西红柿，源于遥远的少年时代……

儿时虽家境贫寒，却是父母的掌上明珠，四季水果不多，却总是有的，通常是很少很少的一点点，都尽着我享用。那时的西红柿，还只是我家乐融融的餐桌上的一道菜。

十二岁，父亲故去，家里失去了唯一的经济支柱。母亲心灵手巧，勤勉耐劳，从事最辛苦的窑地临时工，家里还是捉襟见肘。年长的兄姐在外地，都各已成家。在那个计划经济的年代，大家的日子过得都不宽裕。要强的母亲，从不要子女的接济，独自撑着我们母女二人的生活。那时的日子清贫却也温暖，但是说到吃水果，就是奢侈了。

但是到了盛夏，西红柿就变身成我甘甜的果品了——母亲买菜都是在下班后，那时候，市场要关门了，被挑拣剩下的蔬菜都会便宜卖了。其他蔬

菜,我不太在意,印象最深的是,每天,妈妈都会买一大堆大大小小的西红柿。那些西红柿,或红或黄,在我眼里闪着迷人的光泽,也成了那个年代最深入我心的色彩。妈妈把它们洗净,放在凉水里镇着,然后打理其他的。最后收拾西红柿:通常是先拦腰一刀切成两半,带蒂的前一半,挖去蒂部,或成瓣素炒,或成片烧汤;下半截,大的切个十字花,成四瓣,小一些的,一刀两半,放进洁白的大瓷碗里,要满满的一大碗,然后撒上薄薄一层白砂糖,再放上一把调羹,递给我。我搅拌一下,挑起一块,送进妈妈的嘴里,再挖上一调羹给自己。凉涸涸的,酸甜可口。我一般会吃一小半。剩下的,晚饭时和母亲同享,最后的果汁更是必须要母亲喝一口的。

　　这个习惯保持了很久,直到我参加了工作,经济宽裕了,妈妈不用再上班,水果也可以吃到四季不同的时候,妈妈依旧会在每个夏天,买来一篮篮的西红柿。只不过,都是挑选最红最好的,吃法,却还是一样的。在少年岁月里,西红柿如一只只小小的灯笼,点亮了清贫日子里的欢乐和希望。

　　后来与爱人相识,结婚。婆母是个爽朗的农村妇女,最喜欢带着我去家中的菜地、桃园,如数家珍地让我看每一朵桃花的开放,每一株黄瓜的结纽。知道我喜欢吃西红柿,就种了两大排,精心侍弄。当果子由小变大、个个浑圆红润时,就让家人带给我。等我回去时,她则一定要带我亲自下地摘。我吃着美味的西红柿,看着婆母开心的笑脸,感受着另一位母亲的慈爱,心里暖暖的。那样的时刻,过去的岁月与眼前的时光相互重叠,不同的情感相互涸染,在不变的西红柿的味道里,这一种美好延续着那一种的美好。

　　婚后第三年,婆母就去世了。那是一个深冬,我又失去一位疼我的长辈,心中悲恸不已。

　　来年的春天,公公种下了西红柿,也如婆母一样,日日浇水施肥。我知道,公公的心里,也是想延续着我的幸福和渴盼,所以,他才会种下西红柿。可是,那西红柿长势总是不好,结的果子长到乒乓球大小,就不大长了,形状也不好,颜色还没变红,就干蒂了。虽然我安慰老人说味道一样好,可是我看到了老人眼里的沮丧和失落。那以后,公公再也没种过蔬菜。可是,即使

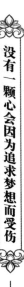

如此，我依然感到幸福，并没有失落，因为我知道，西红柿虽然没有种成，可是公公对我的那份关爱，已在我心底扎根，填补了婆母逝去的遗憾。

以后的日子，日渐富庶，四季水果不断，品种五花八门。这些水果不论多贵，样子多古怪，我都买回去，让一家人，特别是妈妈，尝个新鲜。但是，在我心里，这些，都没有我两位母亲为我买或种的西红柿好吃。

因为，那里有着爱的味道……

白天打扫，夜里祈祷

朱成玉

祖母走后，所有的光亮都减了一半。

从此，我总是喜欢躲在黑暗里哭泣。白天，拉上厚厚的窗帘，夜里，关闭所有的灯。

坚强的父亲摩挲着我的头，让我不要太过悲伤。白天，他为我拉开窗帘，让阳光赶跑暗；夜里，他为我打开灯，让灯光吃掉黑。

"为奶奶祈祷吧，"父亲说，"用你的祷告为她铺一条平坦的通往天堂的路。"

"嗯！"我含泪应着。我知道，一直宠爱我的祖母，是不希望我居住在生活的背面的。

祖母是个勤快而干净的人，干净得似乎有了"洁癖"。她很少闲下来，一天之中，大部分时间手里都拿着扫把，扫地成了她乐此不疲的"娱乐"。她与灰尘势不两立，总是拿着一块抹布，东擦擦，西擦擦，把屋子里拾掇得窗明几净。小时候，看着祖母不停地做着家务，总是突发奇想：扫地的扫把会累吗？擦玻璃的抹布会疼吗？小孩子的心思就是怪，不心疼祖母，却心疼一只扫把、一块抹布，甚至天上的一朵云。"奶奶，我把那朵云摘下来，给你当抹布好不好。"那是孩提时自以为是的笑话，说完便咯咯笑个不停。祖母却不笑，她说，"要把它留在天上，不然天空该脏了"。

祖母的命运，就像一只无底的杯子，从来没有填满过一次。

在那个年代，祖母被冠以"扫把星"的名号，"扫把星"都是"克夫"的，嫁给祖父之前，她已经接连"克死"了两任丈夫，且都没来得及留下后代。而最

后,祖父也没能逃脱被她"克死"的命运,婚后便被征兵去了前线打仗并死在了战场。所幸祖母给爷爷留下了唯一的后人,也就是我的父亲。

从此之后,祖母也开始怀疑自己的命运。的确,自己就像对扫把"情有独钟"一样,每天都会不自觉地拿起放下、放下拿起,难不成自己真的是"扫把星"吗?她似乎认了自己"克夫"的命,再没有改嫁,专心养育我的父亲。她靠给别人洗衣服、糊纸盒维持生计,甚至去捡垃圾、当乞丐,直到把父亲养大成人。父亲一寸寸地长起来,祖母便一寸寸地矮下去,直到生命的消亡。

父亲说,日子再苦,他看到自己母亲的脸上,也总是闪着愉快的光。

祖母的苦,就像她衣服上的补丁,一块接着一块。可是祖母衣服上的补丁,却并不难看,相反,让人喜爱。那是我最早佩服祖母的地方,因为她能将补丁缝补得如艺术品一般,让衣服上的一个个漏洞转眼间变成了一朵朵莲。我想,她对待衣服上的"洞",一如对待自己的伤口吧,那些揪住她不放的苦,咬着她,让她千疮百孔,可是她懂得用一个个坚强的笑脸去缝补它们。

祖母一生都在不停地打扫,我想,那是她在努力打扫时光里的苦楚,擦拭命运里的阴霾吧,使一个个日子变得明亮而欢快。

祖母走的时候,背驼得几乎快挨着地面了,她在无限接近大地。这个不肯在命运面前下跪的人啊,一个躲闪不及就埋入了荒丘。

在祖母的墓前,我们放了一只扫把。我们每次来,都会把她的墓地打扫得干干净净,我们知道,祖母的一生,与灰尘为敌。因为她是一个扫把,是地面的云。

而云,是天空的扫把。

祖母走后,母亲辞职回家,接替了祖母的活计,母亲打心眼里一直看不惯祖母的"洁癖",可是现如今,她的身上却越来越多地有了祖母的影子。只是住进了楼里,很少再用扫把了,经常映入我眼帘的影像是,母亲如一个奴仆,跪在地板上,擦拭着一地的碎语流光。

母亲继承了祖母的干净利落,使得家里的物什总是闪着亮晶晶的光。我知道,那光里,亦有祖母的灵魂。这两个伟大的女人,正在将干净温暖的日子传承下去。

如果有人好奇地问我，你为何如此快乐，你过着怎样的生活？我想我会怀着幸福的心告诉他：白天打扫，夜里祈祷。

白天可以仰望云朵，夜里可以看到月亮，这就是最简单的幸福了。

云的使命，是让天空变得干净。月亮的使命，是让人间变得柔软。不停打扫着天空的云，常常会滴下疲惫的汗水来。惨白的月亮也见证着自己的劳苦。现在你该知道，让那些有着暗影的心一寸寸变白，让那些僵硬的心一寸寸变软，是一件多么艰辛的事。

"白天打扫，夜里祈祷，那岂不是修女一般的生活？"好奇的人不置可否。

我说，是的，这修女一样的生活，看似枯燥无味，却在使这个世界变得洁白、纯净。白天因打扫而干净，夜晚因祈祷而温暖。

现在，想念祖母的时候，我就会抬头望天，看那一朵朵云。祖母在天上，肯定改不了爱干净的癖性，她肯定变成了一朵云，去做名副其实的"扫把星"了吧，她在天上忙着打扫，让天空一尘不染，甚至不留下鸟儿飞过的痕迹。

的确，祖母有必要留在天上，不然，天空该脏了。

没有一颗心会因为追求梦想而受伤

第五辑

世界不会因你不同

　　世间的每个人都一样。我们都需要修炼，不断地修炼。我们是在经历着一些坎坷和挫折，我们是需要经历这样那样的艰难和困苦，可是，那又怎样，只要我们一直在真心着修炼——使自己坚强、自信、积极、乐观……那么，就算再大的风暴突然来临，我们也仍然能够抵御得了它的袭击。我们也许会对那些忽然侵袭的风暴大喊——来吧，我并不怕你，我已足够坚强，足够沉静了。而那时，我们才终于修炼成功，才终于变得坚强而沉静。

把八亿美元抛入大海

朱国勇

　　加拿大西部有个加宁特群岛，它由四百多个零星小岛组成，这里四季如春，风景如画，是加拿大最富盛名的旅游胜地之一。在群岛的最西边，有一个小岛名叫籁哥，面积不足两平方千米。托鲁克一家三口，就生活在这里，他们是小岛上唯一的一家。

　　托鲁克一家世代生活在这个小岛上，早在加拿大政府成立之前一百多年，托鲁克家族就已经在这里落户定居，所以，依据加拿大法律，籁哥小岛属于托鲁克家族的私有财产。其实，加拿大地广人稀，土地根本不算什么，这么一个小岛根本没人在乎。只要是土著的加拿大居民，都留有一大块广阔的土地。

　　托鲁克有一艘旧帆船，这是打鱼和交通的工具，还有三间白墙碧瓦的房子。坐在门前，就可以看到蓝天碧海、白鸥点点，有高大的棕榈在温润的海风中摇摆。清粼粼的海水卷着巨大的浪花，"啪"的一声撞在礁岩上。在洁净的阳光映射下，浪花散珠碎玉一般闪着晶莹的光。在这天堂般的景致里，一家人生活得安宁而幸福。

　　忽然有一天，一个振奋人心的消息传开了。在籁哥岛发现了一个巨大的青玉矿，储量惊人，据保守估计，价值也有三百亿美元。

　　加宁特群岛的居民兴奋了，他们纷纷驾船来到籁哥岛，向托鲁克表示祝贺。有不少人还不停地在岛上走走看看，直到夕阳西垂，还留恋着不忍离去。他们说，这回托鲁克发财了，托鲁克再也不用辛苦打鱼了。

　　托鲁克听了，只是淡淡地笑笑。每天早晨，他依然迎着朝阳去打鱼，胳

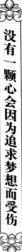

膊上勃动的肌肉,在阳光下闪着黝黑的光泽。傍晚,在艳红艳红的一轮落日下,托鲁克坐在一张老木藤椅上,宁静地读一本书。妻子,在屋后打理菜地。孩子,花蝴蝶一般飞来飞去,不时发出银铃般的笑声……

四个月后,加拿大矿业公司找到了托鲁克,他们开出了优厚的条件:一套宽敞的住房,另外,再加五百万美金的安置费。

周边岛屿上的居民纷纷惊叹:"这是上帝的礼物!""托鲁克被馅饼砸中了!"

可是,托鲁克却十分诚恳地拒绝了矿业公司的请求。他说:"这是祖先留下的产业,我不想转让,真抱歉,先生们。"

几天后,不甘心的矿业公司又派人来了,这回安置费提高到了二千万美元。可是,托鲁克依然摇头。这回,加宁特群岛的居民们不乐意了。有人撇着嘴开始说风凉话:"托鲁克这家伙,奇货可居! 当然要狠狠地敲矿业公司一笔。"

第三回,矿业公司的一位执行副总亲自登门,并把安置费提高到了一亿美金。这几乎是天价! 托鲁克听了,仍然不住摇头。他认真地解释说:"这不是钱的问题。我自小就生活在这里,我舍不得离开。再说,这么一个天堂般迷人的岛屿,如果变成了机器轰鸣渣土碎石遍地的矿场,那简直是对上帝的亵渎!"

第二年春天,矿业公司的的老总亲自来了,这回安置费提高到了八亿美元。老总拿着拟好的合同,脸上透着企盼:"这已经是我们公司所能开出的最高价了。托鲁克先生,希望您能认真地考虑一下,只要您签了这个合同,您立刻就能跻身为世界顶级的大富豪。"

托鲁克沉默地接过合同,他的脸上似乎有浅淡的云朵掠过。托鲁克轻轻一扬手,那纸合同就如一只洁白的海鸥,随着浩荡的海风,翩翩然,翻飞着,落入激荡的海涛之中。

老总先是惊诧,接着是满脸的钦佩,他拉着托鲁克的手由衷感慨:"不爱钱的人我确实见过,但是像您如此不爱钱的,我还真没见过。我实在无法想象,你有着怎样宽广又怎样沉静的胸怀!"

托鲁克笑了:"谢谢,先生。我早就说过,这不是钱的问题,而是我实在舍不得这个岛,这么多年了,我真的习惯了。"

老总又是沮丧又是感动地离开了籁哥岛,在归去的途中,他想起了很多很多,关于人生,关于名利,关于成败,他有了许多崭新的认识。回首望去,夕阳下的籁哥岛,唯美得如同一幅中世纪的油画。

事后,托鲁克是这样说的:"很多人过多依赖金钱。那是因为,只有金钱才能满足他们的心灵。可是,如果碧海、蓝天与白鸥已经让一个人的内心得到了充分的满足,那么,还要那么多钱来做什么呢?"

有些人的心灵,只能用金钱与物质来满足。而另一些人,池上凉风、山间明月、炕上妻儿、枕畔好书……只有这些,才能让他们的心灵得到真正的慰藉与舒展,金钱,反而成了累赘!

心灵,是最容易满足的;心灵,也是最难以满足的!

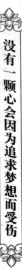

价值九十九万美元的诚信

林华玉

门铃响了起来，正坐在沙发上看报纸的约翰先生起身开门一看，门口站着一个身材瘦小、年约十七八岁的男孩子，他的胸前有一个纸箱子，上面写着"为创业募集基金"。见了约翰，男孩子先礼貌地把身子朝前一倾，然后说："先生，您好，我是来募捐的……"约翰是一个企业家，财产有千万元之多，他平日热衷于慈善事业，每年都会捐出大量金钱用于慈善事业，所以男孩这么一说，约翰也不想细问缘由，就从口袋中拿出一百美元，递给男孩，男孩先道了声谢，然后接过钱，约翰准备将门关闭的时候，他听见男孩说道："先生，您稍等一会，行吗？"约翰不知道他要干什么，就将即将关闭的大门止住了。

男孩子把胸前那个募捐箱放在地上，然后开始数钱，约翰看到里边多数都是一元的纸币，那男孩数了好一会儿，然后将一摞子纸币递过来，说："先生，这是九十九元，您数一下！"看到约翰大惑不解的样子，男孩子说："是这么回事……"

原来，男孩子叫肖恩，他的父亲是一个推销员，挨家挨户推销各种物品半辈子，耳濡目染，他打小就喜欢经商，可是他的父亲却不愿意他经商，还拿自己现身说法，说自己经商半辈子也没什么出息，他希望肖恩能好好学习，考上哈佛大学，到时候能谋一个体面的工作。因为志不在此，肖恩学习成绩一直不太理想，后来高中毕业，他实在是不愿意上了，就跟父亲商量要经商，为此父亲与他大吵了一架。

但是肖恩此时已经铁了心，一定要经商，看着他态度坚决的样子，父亲

说了狠话:"你做生意也行,但是你必须答应我一件事!"肖恩问是什么事,父亲说:"只要你能登一万户人家的门,每一户人家讨上一块钱,凑足一万元,你就可以经商,否则你只有乖乖地去上学!"肖恩答应了。

原来如此。

约翰说:"我还有一事不明,我给了你一百元,你就可以少上九十九户人家,可你为什么又退还给我九十九元呢?"肖恩说:"做人要讲诚信,说到就要做到,我答应父亲登一万户人家,每户只讨一美元,我就一定要做到!"接着他补充一句:"这是做一名合格商人最起码的素质!"

约翰对眼前这个其貌不扬的男孩肃然起敬起来,他又问:"孩子,你已经讨到了多少钱?"肖恩自豪地说:"加上您的这一美元,我已经讨到了一百五十元呢!"约翰说:"这样吧,余下的九千八百五十元我给你,算是我暂时借给你,这样你就可以早点实现自己的理想!"肖恩谢绝了约翰的好意,说:"谢谢您的慷慨,但是我不能接受您的钱,因为我要实现自己的诺言!而且,这样我还可以顺便锻炼自己的毅力,改变一下自己的性格呢!"然后,肖恩就告别了约翰,向下一户人家走去。

看着肖恩单薄的身影,约翰摇了摇头,又点了点头。

这以后的日子里,约翰就一直关注着肖恩的一举一动。两年之后,当约翰听说肖恩已经讨了一万元准备开一家小商贸公司的时候,约翰上门找到了他,准备给他的公司投资一百万美元,肖恩激动地说:"我只有区区一万元,您却投了这么一大笔钱,您不会觉得吃亏吧?"约翰说:"孩子,不要有顾虑,只管放手去干,我相信你一定能在商海打出一片天地。而且你也投资了一百万美元呀!"

看着肖恩疑惑的样子,约翰说:"你的诚信至少价值九十九万美元!"

民工父亲的"幸福"

李良旭

刚刚搬入新居不久。这天,我面朝着宽大的落地玻璃窗,端坐在电脑前,凝神定气地专心打着字。光线很好,明媚的阳光像瀑布一样成桶地泼洒进来,周遭氤氲着暖暖的气氛:温暖、清亮、宁静。心情,也沐浴在一片暖融融的气氛中。

突然,大门响起一阵"叮叮、咚咚"很不规则、很杂乱的敲门声,像宁静的湖面被扔进了一块石子,打破了这份宁静和惬意。我心里好生纳闷,嘀咕道:门上不是有门铃吗?为什么还要这样乱敲门?

我轻声轻脚地走到门边,屏住呼吸,从猫眼里往外看去:只见是一个陌生人。他,头发蓬乱,脸上的灰尘和着汗水,渍渍点点,眼睛里露出一种焦灼和茫然的神色。他是谁?想干什么?一连串的疑问在我脑海里闪现。我警惕地将门打开一条缝隙,并做好随时关上门的准备,问道:"你找谁?"

只见那人脸一下子涨得通红。他从口袋里抖抖擞擞地摸出一包皱巴巴的香烟来,从里面抽出一支递过来,脸上堆满了虔诚的笑意,嘴里嗫嗫嚅嚅地说道:"同志,我就是在您住的这片小区干活的民工。我想请您帮个忙,不知您能不能同意?"

"什么事?你说吧。"我推开他递过来的那支香烟,一脸狐疑地回答道。

见我态度缓和、平静,没有那种拒人千里之外的冷漠,他的脸上流露出一种激动,脸涨得更红了,语速急促地说道:"是这样的,我儿子马上就要放暑假了,他就要从老家到城里来看我了。孩子说,他想亲眼看看自己的父亲在城里盖了多少漂亮的房子,城里人住得舒服吗。我想,孩子来了后,我能

带孩子到您家看看吗？如果他看到城里人住上他爸爸盖的这么好的房子，心里一定感到非常自豪和幸福。不知您能不能同意？房子盖了许多，可我从来不知城里人住在里面的情况，我很难对孩子描述清楚，如果不能带他进来亲眼瞧瞧，只能让他在外面看看了，那样，我担心他会有一种遗憾的。"这位民工一口气把话说完后，两眼露出渴望的眼神望着我，一脸的焦灼和企盼。

我恍然大悟。原来这位民工父亲是为了让乡下的孩子亲眼看见自己在城里的"杰作"，真是一个心细的父亲啊！我也是一个父亲，自己在工作中取得了一点成绩，或者在报刊上发表了一篇小文章，不是也喜欢在儿子面前表现一番吗？那是一个做父亲的自豪和骄傲啊。想到这儿，为了不辜负这位民工父亲这份小小的愿望，我毫不犹豫地点头答应了。

这位民工见我爽快地答应了，激动地说："谢谢！谢谢！您可真是个大好人啊，我问了好几家，人家一听说我要带孩子来看看他们家，有的一句话也不说，随手就将门'咣——'的一声关上了，吓了我一大跳；有的说我脑子有问题，简直莫名其妙；还有的跟踪我，怀疑我是坏人，一直看着我进了民工工棚。今天，我可遇到大好人了啊。"这位民工的脸上一片喜悦，荡漾出一片明媚。

几天后，这位民工父亲果然带着一个男孩来到我家。男孩约有十三四岁的样子，黝黑的皮肤，结结实实的身体，一双眸子很亮。见到我，男孩有一种怯怯的样子，但看到我热情和蔼地抚摸着他的头，才显得放松起来。他父亲在一旁堆着一脸的歉意，不停地说道："乡下孩子，不懂事，请多包涵。"

父子俩换上我递上来的鞋套，小心翼翼地迈着步子。也许是第一次踩上木地板，他们好像生怕将木地板踩塌了似的，步子迈得格外地轻、缓、慢。我看到，此时，一只大手和一只小手紧紧地握在一起，两个人的目光中有一种扭捏和拘谨。做父亲的好像在努力地显示出一种老练和成熟，只见他边弯下腰，边对儿子讲道："叔叔家住的这套房子就是爸爸建筑公司盖的。当时在盖这栋楼房时，我负责砌墙，你别小看了这砌墙的活，必须要做到心细、手细、眼细，不能有丝毫的偏差。你看，当时在砌这面墙的时候，这面墙上还留有一个洞口，和邻居之间是相通的，为的就是运送砖块、水泥、黄沙等材料

施工方便,待房屋建好后,再将这洞口堵上,从此,两家再也不相通了。现在,我要是不说,你可一点也看不出啊!哦,对了,我的中级工考试也通过了,现在,我也是有文凭的建筑工人了。"

孩子的父亲,边向儿子努力地介绍着,边仿佛又回到了当初建房时的种种细节中。看得出,他在竭力地向孩子描绘自己在城里打拼时的一些细节,让儿子感受到自己在城里工作的情景。儿子听了,不停地望着他的父亲,眼睛里流露着一种自豪和骄傲的神色,只见他又用另一只手握了握父亲的手。父亲的腰板似乎又直了许多。面对此情此景,在一旁的我,心里也有一种温暖和甜蜜的感觉。

一会儿,这对父子就看完了我的新居,父子俩几乎是亦步亦趋地退向门边向我告别。突然,这位民工父亲伸出两只手,一下子紧紧地攥住了我的手,感动地说道:"今天,是我进城打工以来过得最幸福的一天,我能进到城里人家,感受到了一种城里人家的温暖,这种幸福我一辈子也忘不了。"我看到这位民工父亲的眼睛里泅上一片晶莹。

没想到,在我看来一件简单、普通的事,只不过让一对父子进了我的新房看了看,竟让这位民工父亲这么激动。就这一下子,我感到,我和这位民工父亲心的距离拉近了许多。周遭氤氲着一种温暖。

父子俩互相搀扶着下楼,只听到孩子对他父亲说道:"爸爸,您真了不起,盖出这么好的房子,城里人住得真舒服,如果我们在城里也能住上您盖的这么好的房子就好了。"儿子的语气里有种羡慕和向往。父亲爱怜地摸了摸孩子的头,说道:"傻孩子,这怎么可能呢?不要乱想了。我想,你只要在家里把书念好了,帮爷爷、奶奶多干点活就行了。"

孩子仰起稚气的脸,掷地有声地说道:"怎么不可能?我一定好好读书,将来有出息了,我一定要让您和妈妈住上您在城里盖好的房子里,和城里人一样的生活。"

听了孩子的一番话,这位民工父亲情不自禁地将孩子往怀里搂了搂。我看到,这位民工父亲的腰杆努力地挺了挺。顿时,他在我眼里一下子变得高大了许多——一个父亲的伟岸和坚强。

你需要彻底修炼

何红雨

有段时间,我需要用耳机来麻醉自己。

也许是因为自己的软弱或者逃避。我就像一个伤者那样,逃避着。也许是无处疗伤吧,所以,我选择了随时都用耳机来逃避。无论是行走或乘车,我都会在耳朵中塞入耳机,听喜欢的音乐,那样细腻、深情而又缠绵悠远的曲子,也许真的可以使我遗忘凡尘的许多不快。

有时,我也会找自己喜欢的作家的书籍来阅读,散文、随笔……我喜欢将自己沉溺进去,一直地沉溺进去,然后,再用心来体味,或许,这样更能理解这些作品。

读书也罢,听耳机也罢,我的目的只有一个——将自己隔离开来,逃避或者不再与世人相争。

看过身边友人的起起落落,听惯了同事潮起潮落的低诉,也感受了闺蜜在爱人忽然远离后的无比疼痛……然后,我会沏一杯香茗给她,说——来吧,你永远是我的宝贝。也许这个世界,唯有你我才能长久依傍。无论那个曾经爱你的人或者你会一直深爱着但却已经离你远去的男人有多么完美和诱惑,现在,请你先放下他,放下那段感情,依偎在我的肩头……来吧,我的宝贝,或许,我亲手沏下的这壶香茗能够使你重生。你的未来还会美好的。来,先喝下这杯香茗吧。

这是我与一个闺蜜的难忘趣事。其时,我那时也为她伤心,也为她的感情而纠结,可是,我那时还算清醒。我当然知道,与其同她一起伤心纠结,不如帮她走出这段感情。人生中,哪有永远的坦途。于是,她在喝下那杯茗茶

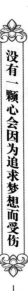

后，果真心绪好转，后来，我们一起出去旅游，看海天一色那不染凡尘的纯净，听海水拍打岩石的美妙声音。我们还去了清净而辽远的内蒙古大草原。傍晚，我们坐在马背上，一起放眼辽阔无垠的美丽草原，天边的云彩以斑斓而纯净的姿态轻缓飘过。

之所以选择去大海和草原，完全是我的主意。因为我认为以她当时的心态，很难走出情感的泥沼，而博大湛蓝的海面、辽阔平坦的草原，应该可以使她放弃一些应该放弃的人或事。

是的。后来她的情况真的好转了。她不再抑郁着纠结同他的过往，即便那些过往都是美丽和难忘。她说，她学会了放手。我的那杯茗茶让她静了心，而之后看到的大海和草原则让她学会了风平浪静，也学会了隐忍和调整。她说，人生也许不一定总风平浪静，在漫过了脚踝的咸涩潮汐中，我要让自己不断修炼，内心始终充盈着宁静，且是满满的宁静，这样，即使处于逆境，我也能看到无限美丽的远景。

闺蜜的话忽然刺激了我。我便不再刻意以耳机来麻醉自己，也不再有意逃避。

是的。暂时的麻痹或逃避并不意味着永远的麻痹和逃避。总有一天，当你从麻痹和逃离中清醒，你会发现，其实，经过这样不理智的麻痹和逃避，你仍然还处于无法释然的状态。所以，你需要彻底地修炼。

闺蜜的故事，其实，总会在我们身边发生。或许，我们的一生中，并不只会遭遇一种困境或是失意。每个人，都可能会遇到这样那样的挫折和迷惘。重要的是，我们必须得学会调整自己，让自己顺利地走出情绪的低谷，从而，微笑从容亦自信地去面对生活。

尽管这个世间的人们所经历的事情不尽相同，走过的道路亦不会相同，然而，我们所遭遇的那些困境或是怅惘却极有可能会相似。所以，不妨做个聪明的人，尝试或者学会接受前人的教训。

而生命中，烦恼和快乐是人生的两颗种子，在心田播下哪颗种子，哪颗种子就会发芽长大。

在漫长的人生道路上，无论是狂风暴雨，或是激流险滩，最要紧的是我们战胜那些激流或者险滩的欲望永远都不能熄灭。

所以，你需要彻底地修炼。

世间的每个人都一样。我们都需要修炼，不断地修炼。我们是在经历着一些坎坷和挫折，我们是需要经历这样那样的艰难和困苦，可是，那又怎样，只要我们一直在真心修炼——使自己坚强、自信、积极、乐观……那么，就算再大的风暴突然来临，我们也仍然能够抵御得了它的袭击。我们也许会对那些忽然侵袭的风暴大喊——来吧，我并不怕你，我已足够坚强，足够沉静了。而那时，我们才终于修炼成功，才终于变得坚强而沉静。

灰色的灵性

刘笑虹

有个从加拿大回来的朋友跟我讲过一个关于黑熊的真实故事。

罗君一家三口都酷爱动物和户外运动,每年他们都要出去旅游。

一次,他们专程来到安大略省的北部,想看看熊。这里人烟稀少,是黑熊的天堂,但因为黑熊在当地繁衍过快,所以当地政府允许人们在每年的夏秋季在此有限地捕猎黑熊。

这一天,罗君和他刚满七岁的儿子小郡看见有人从深山打猎回来,除了打死的大黑熊外,他们还用绳索牵着一只刚满月的小熊。经过讨价还价,他们从猎人手上买回了这只失去妈妈的小熊。

从带回小熊的那天起小郡就把它放在自己的床上睡,那时"罗尤"只有一只小狗那么大。

"罗尤"是小郡给黑熊起的名,英文"loyal"是忠诚、忠心、忠心耿耿的意思。他同时给它脖颈上拴上一个系着红绳的铜铃。小熊后来渐渐长大,罗君夫妻再想夜晚从儿子身边抱走它已经来不及,每当这时小熊就会整夜整夜地哀吠不止。没办法,只能由着它跟小郡去耳鬓厮磨。

小熊罗尤很可爱,什么时候见到小郡都会高兴得满地打滚,而且都是那种难度很高的连续几个前滚翻,它颈上的清脆铜铃总是伴随着孩子的欢声笑语。

罗尤四岁这年,罗君一家三口照例在假期里驾车出去旅游,可不幸的事发生了。罗君驾车在翻过一道山梁时,猛然看见前方道路上窜出一只土狼,他下意识地打了下方向盘,车子失去平衡,翻下了林涧深沟。糟糕的是,他

们夫妻俩都只受了些轻微伤,小郡却因为坐在副驾驶座的位置打瞌睡,翻车时被抛了出去,受伤很重,虽经过医院全力抢救最终还是不幸身亡。

罗君夫妻俩处理完小郡的后事回到家,他们发现黑熊罗尤在用一种从没有过的忧郁眼神看着他们,至此它很长很长时间都不吃一点东西,也不睡觉,就这么整夜整夜地在小院里徘徊,喉咙里还时不时发出阵阵低沉的哀鸣,像是在呼唤着什么。也就从那时起,没人再见过罗尤翻跟头,不管谁用什么方法暗示、诱导甚至是逼迫它,罗尤都从不再翻,那颈上的铜铃也很少发出悦耳的欢鸣。

又过了段时间,罗君夫妻发现罗尤情绪开始有些反常,好像是到了发情期。

罗尤是只母熊,成年后生理就会起变化。看着罗尤痛苦的模样,罗君夫妻俩也想了很多办法,如给它吃降低激素的药,像对待人一样给它多吃蜂蜜、水果,带它出去游玩,甚至想到送它去动物园给它找个情人。最后有人提醒他们:何不给它买个公仔回来试试,据说熊有恋物情结呢。

罗君这时想起来了,柜子里还有一个儿子小时候曾玩过的熊布娃娃。

这招果真灵验,罗尤见到这个如真人般大小的熊布娃娃后立即表现出异常的兴奋,它围着布娃娃转了几圈,就开始翻跟头,不停地前滚翻,直到很累很累了才歇气,然后紧紧地把那熊布娃娃搂进怀里,跑到一个角落里安静地躺下。

至此,罗尤天天布娃娃不离身,走到哪都把它搂在怀里,直到度过了那段发情期。

隔年,罗尤再次发情,可能是年龄完全成熟的原因,这次比上次来势更猛。它整天长声呼啸,咆哮不止,烦躁地在室内室外游荡。这时罗君又想起了那个熊布娃娃,可原来那只因为肮脏破旧已经被他丢弃了,他们只得去超市又重新买了只一模一样的回来。

可让他们诧异的是,当罗尤见到这只新的熊布娃娃后不但没有像前年那样亲昵,反而脾气暴躁地摔打、撕咬起来,好像这只布娃娃是它的仇人一

般,弄得罗君夫妻俩手足无措。

　　渐渐地,他们明白了,原来罗尤一眼就辨别出这个熊布娃娃根本就不是原来的那只,原来那只上面肯定还留有儿子小郡的气息,这种举动反而勾起了罗尤的一些回忆,使它的脾气越来越烦躁。

　　几天后,黑熊罗尤没有如罗君夫妻所期望的那样慢慢好起来,反而狂躁地撞坏了院子的栅栏跑了出去,这可是从来没有过的事情。自此,罗尤开始时常独自外出且经常是数日不归。

　　这一次罗尤已经出去好长时间没有回来,罗君夫妻俩渐渐预感到了什么,他们可能真的要失去罗尤了。

　　这天是儿子小郡罹难的祭日,他们驱车百十公里,来到了当年他们儿子罹难的地方,他们想把罗尤的现状告诉在天堂的孩子,希望他明白近来发生的一切,不要像罗尤一样责怪他们。

　　车刚停下,罗君夫妻俩就听见从不远处传来了一阵熟悉的声音,是铃声,是一阵清脆的铃声!那是黑熊罗尤!罗尤这时出现在那条蜿蜒山路的尽头,它直立起身子,看见曾像父母一样照顾过它的罗君夫妻俩,黑熊并没有跑过来,它只是在远处摇晃了几下身体,然后翻了一个很漂亮的前滚翻,小铜铃随之发出分外清晰悦耳的声音,之后它就亦步亦趋地慢慢消失在身旁的密林深处。

　　很令罗君夫妻费解的是,那年孩子遭遇车祸时黑熊罗尤并不在场,他们即使每年都来这里祭奠,可从没有带罗尤来过啊!是什么将黑熊罗尤带到这里来的呢?

镶满亲情的青花瓷

林华玉

别墅的门被轻轻地推开了，看门狗接着狂吠了起来，一个苍老的声音传了进来："大爷大娘，给点吃的吧！"张青出去看了看，原来是一个手拿讨饭碗与打狗棍的老乞丐，张青此时心情很糟，正想出去赶他走，忽然他愣住了，接着就换了一副面孔，热情地把那个老乞丐往屋里迎。

老乞丐被迎进屋内，张青忙叫保姆端来热乎乎的饭菜，让老乞丐吃，老乞丐看起来是饿坏了，也不客气，端起饭碗就吃，却呛得直咳嗽，张青一边给他捶背，一边说："慢点吃，慢点吃，锅里还有！"

老乞丐吃饱喝足，张青又让他进了浴室，给他调好水温，让他洗个热水澡，老乞丐怯怯地问："大哥，不，大兄弟，你……你这是?"老乞丐的意思是说，你对我这么好，到底是什么意思，张青笑了笑，也没说什么。

老乞丐一边洗着澡，一边想着刚才的经过，心里的问号越来越大，我跟他素不相识，他对我这么好，是不是有什么企图？随之他又想，自己身无分文，唯一的财产就是手中那个打狗棍还有那只要饭碗，人家又会求我什么？说不定自己真的遇上了好心人。

老乞丐洗完澡，张青又将一身干净的衣服递了进来，要他穿上，老乞丐说："大兄弟，我还是穿我那身吧，我要是穿了你这身新衣服，以后上门就要不到饭了。"张青说："你就穿上吧，那身衣服我已经扔进了垃圾箱。"老乞丐没有法子，只好穿上了那身新衣服，这是一套毛呢的藏青色中山装，老乞丐穿起来很合身，简直像量体定做，张青左看看，右看看，喃喃地说："像，简直太像了！"

老乞丐一辈子也没有穿过这么好的衣服，正这里拽拽，那里摸摸，陶醉不已时，张青又说了一句："你以后也不要再讨饭了，我给你养老送终！"

老乞丐一听，简直不敢相信自己的耳朵，他不得不问了："大兄弟，你说我这么一个孤老头子，一没有权，二没有钱，有的只是一身伤病，你又是给我好吃好喝，又是送我好衣服，现在又要养着我，你究竟为了个啥？"张青支支吾吾地说不出个所以然，老乞丐就要走，张青不让他走，正在拉扯之时，老乞丐忽然白眼往上一翻，接着就倒在了地上，张青不知出了什么事，赶忙开车把老乞丐送进了医院。

医生经过一番检查，确定老人是突发脑血栓，需要马上手术，医生要病人的家属在手术单上签字，张青忙说："我是他儿子。"接着就在手术单上签了自己的名字。

手术很成功，老人在特护病房观察了几天后，就可以被转入普通病房了，张青为了好好照顾老人，特地要了个单间，之后，张青就用儿子的身份伺候老人，给老人端屎端尿，喂汤喂药，照顾得无微不至，医院的护士医生都说老人上辈子修德，这辈子养了一个好儿子。

老人的神智逐渐清醒，但是压在他心头的那个问号却越来越大，压得他终日睡不好觉，身体自然也恢复得很慢。这天，张青提着一保温桶鸡汤来了，老人说："大兄弟，你先别忙活，今天我一定要问清楚，不然我就不吃饭了，马上我就出院。"张青说："还是问为什么我会对你这么好吧？"老人点了点头，张青沉吟片刻，说："那我们就打开天窗说亮话吧，实话告诉你，我对你好是有目的的。"老人问："啥目的？"张青说："你还记得你的那只要饭碗吗？"老人一怔，不知他是什么意思，张青说："其实那不是一只普通的碗，你来我家讨饭，第一眼，我就觉得那只碗有些来历，这几天，我把那只碗让专家看了，结果还真的是一件宝贝。"老人不相信，说："别哄我了，那只碗是我捡的，跟了我十年，就是一只普通的不能再普通的碗，怎么会是宝贝？"张青说："要不说你是守着宝贝讨饭吃，专家说了，那是一只元青花，你知道全国一共才有多少件元青花吗？"老人摇摇头，张青接着说："不足五百件，所以每一件都价值不菲。"

老人定定地看着张青，足有十几分钟，他有些相信了，因为他确实不能理解张青为什么会对自己这么好，现在张青有了这个解释，老人觉得他没有必要骗自己，他想了想说："既然你说我的碗是个宝贝，我也就相信你，我是一个行将就木的人，要那么多钱也没有用，只要你以后还像现在这么对我，我就把那只碗传给你，你看咋样？"张青很高兴地答应了，还与老人签了一个协议。

在以后的日子里，老乞丐想着自己有一只宝贝在张青手里，就心安理得地接受张青的"孝敬"，该吃吃，该喝喝，该指使张青就指使张青，就像对待自己的儿子，不再与他客气，心里的大石头一放，老人的身体恢复得快多了。

老乞丐在医院里住了两个月，这天医生检查后，说次日就可以出院了，老乞丐很是高兴，非要自己出去走走，可就在走廊活动的时候，对面忽然拐过一辆收垃圾的板车，老乞丐躲闪不及，被撞倒在地，又一次昏倒了，这一次，老人再也没有醒过来。

张青悲痛欲绝，给老人举行了盛大的丧礼，还在郊区给老人买了一块墓地安葬。

张青照顾老乞丐的故事不胫而走，因为他是本市的名人，就引起了许多人的猜测，自然也有商业对手的恶意中伤，这天，本市一家报社的记者找到张青，就此事采访了他，记者问："张总，据说你赡养那个与你毫不相关的老人是因为他有一只价值连城的元青花碗，是不是这样？"张青似乎早就知道他要这么问，就从屋内取出一只碗来，说："这就是老人的那只碗，你看看它能值多少钱？"记者拿起来，看了看，说："这只碗看起来平淡无奇，不过，要是古董就不好说了。"张青说："这确实是一只老碗，不过它并不是元青花，而是民国时候民窑烧制的，价值几百块钱。"

记者将信将疑，问："既然这只碗不值钱，而你又与那个老乞丐无亲无故，为什么还要那么真心地对待他？"张青说："事到如今，我要是不说出实情，社会上还不一定会怎么说我，既然这样，我就说了吧！"

原来,张青很小的时候,母亲就得急病去世了,是爸爸一把屎一把尿地把张青拉扯大,并供他上了大学,大学毕业后,张青找了一份不错的工作,就想着好好报答父亲。

第一次发薪水的时候,正好是父亲的生日,那天,张青去商店买了一套毛呢的藏青色中山装,想送给父亲。

父亲穿上了儿子送的衣服,很是高兴,他噙着泪水,走到妻子的遗像面前,喃喃地说:"你放心吧,儿子长大成人了……"正在这时,父亲的身体忽然摇晃起来,接着就晕倒在地,张青忙把父亲送到医院,医生检查后,摇着头说:"全身的零件都有毛病,能活这么多年已经是奇迹。"言下之意,就是说父亲没救了,张青就觉得天昏地暗,一下子瘫软在地。

以后,张青凭着自己的实力,把事业一步步做大,最终成了本市有名的企业家,有了上千万的资产,可是,没让父亲享一天福的内疚感就像一块大石头一样一直压在他的心上,使他一想起来就痛彻心扉,整日不得开心颜。

老乞丐上门讨饭的那一天,正是张青父亲的忌日,张青刚从父亲的墓地回来,正在伤心之时,那个老乞丐来了,张青惊奇地看到,那个老乞丐竟然很像自己的父亲,无论是眼睛、眉毛,还是身材,都像是父亲再生。张青就想,莫非是父亲有灵,知道我心里痛苦,假借一个乞丐来圆我孝敬之梦?这么一想,张青就把老乞丐当作自己的父亲来对待了,但是为了让老乞丐能安心享受自己的一份孝心,他就编了一个谎。

把鸡蛋放到一个篮子里

卢海娟

"不要把鸡蛋放到一个篮子里",这是当今投资理财大师们津津乐道的一种理念——把鸡蛋放到一个篮子里,倘若这个篮子被打翻了,你就失去了所有的鸡蛋;相反,把鸡蛋放到若干个篮子里,一个篮子打翻了,另外的篮子还会有剩余。

我却觉得,这实在是个脱离生活而又荒谬的比喻——买鸡蛋要很多篮子吗? 明明一个篮子就可以装下的鸡蛋,偏偏要分到三五个篮子里去,带着三五个篮子回家,鸡蛋不被打碎那才怪呢!

储藏鸡蛋要很多篮子吗? 如今寸土寸金,每个人的生存空间都是有限的,有限的生存空间放了太多只装有少量鸡蛋的篮子,这种事怎么看都不像是正常人所为。况且篮子多了,主人难免会疏忽,会照顾不周,会一不小心碰翻篮子——那么多的篮子,难道是专门用来打碎鸡蛋的吗?

现实明明白白地告诉我们,"不要把鸡蛋放到一个篮子里",这是个多么可笑的、不合乎生活逻辑的伪命题啊! 小孩子可能不懂,粗心的男人可能不懂,但有经验的家庭主妇一定会懂——鸡蛋,还是放到一个篮子里比较稳妥安全。

几年前,我的一位女友曾经很欣赏这种理念,苦口婆心地劝我学习理财,说女人应该学会让手里的钱生出新的钱来。不错,这是个让人浮想联翩的诱人愿景,那段时间我常常被她们撕扯着去听课,专家把我们手里那一点可怜的积蓄画成一棵枝繁叶茂的大树,树上结满了鸡蛋:这一篮子的鸡蛋可以投资买保险;另外篮子的鸡蛋用来买股票基金;再分出一篮子去做薄利的

储蓄;再分一篮子随行就市,比如买块地皮……

我女友大受启发,也是机缘巧合,真的得了一块不大的地皮,不过她得到的是一块山地,没有实际操作就不会有什么效益。为了经营好这只充满希望的篮子,她开始贷款种草药,每天憧憬着这只篮子能长出一个天大的鸡蛋来,可惜她不会经营,两三年下来就闹得入不敷出,贷款也累积成一个天文数字,这个篮子的鸡蛋就这样倾覆了,而且一个篮子的倾覆竟然也能引发多米诺骨牌效应,尽管她还有三五个篮子,可是哪个篮子都没有足够的鸡蛋来做补偿。

折腾到现在,基金和股票被套牢,保险金还没有交完。带着空空如也的数个篮子她才发现,假如只有一百只鸡蛋,放到多少个篮子里,也还是一百只鸡蛋,而且篮子里放的鸡蛋越少,就越容易被打碎。

把鸡蛋放到不同的篮子里,这不是在投资,而是在"投机"——倘若运气好,某一篮鸡蛋或许会有些收益。

我们活着,实在不需要太多的篮子来盛放我们的"鸡蛋",人生一世,能照顾好一个篮子足矣。

十九世纪美国著名的作家马克·吐温年轻时,发现自己的作品一旦出版就被读者抢购一空,出版商、书贩子个个赚得盆满钵满,于是萌生了靠自己的作品发一大笔财的念头,他为此定下目标:自己写书、自己出版、自己卖书,两年内变成百万富翁。

马克·吐温把自己的人生愿景放到三只篮子里,他下了决心后立刻付诸行动,这位大作家摇身一变,成了"产、供、销"一条龙的大书商。

然而,他既不了解出版行业的规矩,又不善于市场营销,"供、销"两个篮子的"鸡蛋"接连不断地被打破,还不到两年便债台高筑,难以维持了。这段时间,他不仅书商没有做好,就连自己的"主业"——写作也被荒废了。马克·吐温果断放弃了做生意的念头,回头专心搞起了他的文学创作,把鸡蛋放到一个篮子里,一番努力之后终于取得了成功。

不错,把鸡蛋放到一个篮子里,才可能全神贯注地带好它、安置它;把财产放到一个篮子里,才会心无旁骛地看护它、经营它;把精力放到一个篮子里,才可以把一件事做到极致。一个人的精力和能力是有限的,没有人能够真正做到八面玲珑,没有人能够兼顾全部。

无须为那些琐碎的篮子营营役役,你若希望自己的人生有影响力,就必须专心致志,把所有的鸡蛋放到一个篮子里。看好一个篮子,这其中的得与失、起与伏,自会变成生命的助推力,让我们感悟到绿野坦途和陂陀斜径的不同。

落入凡尘的仙子

杨　晔

　　郊外一处草地上，热热闹闹地开着各种野花，淡紫的、金黄的、浅蓝的。太阳躲在云层后面，懒得出来。这些花可有精神头了，他们议论纷纷，交头接耳地研究一株异类。

　　金黄的睥睨着那株浑身带着刺的东西，什么家伙么，长得这么丑！是呀，一点也不水灵，叶子也没几个，浅蓝的马上应和着。

　　看看咱们，草扭动着腰肢，虽然不开花吧，可新鲜呀！漫山遍野都是弟兄。就是的，金黄的也来劲了，我们花不大吧，可是咱开得多，没听见，那天有个美女说咱们像满天星嘛，听听，多漂亮的名字。

　　是的，我听见了，浅蓝的马上答道。还说浅紫的很高贵呢，浅紫的略微点点头，仿佛身份的确是贵妇人一般，瞥了一眼孤零零的异类，真可怜呢，连花都不会开。

　　那株异类一直不语，默默地从土壤里汲取着养分。的确，她的周围都是绿色植物，绿色的茎、绿色的叶，几乎每株都顶着帽子一样艳丽的花。而自己呢，像是一株长了刺的枝条插在土壤里，偶尔的叶子根本掩盖不住那褐色的身躯。

　　听到冷嘲热讽，其实她心里很难过，她不知道自己为什么和大家不一样，她甚至不知不觉弯下了腰肢。风从她身边经过，悄悄告诉她，孩子，别难过，我见过你的妈妈，她很漂亮，枝叶繁茂，花朵艳丽，芳香四溢。真的吗？她的身体不由颤抖起来。

　　风吻了吻她的枝干，是真的，你妈妈把香气给了我，我游走时，大家都说好香呢！她笑了，连叶子都散发着自信的光芒。我要到妈妈身边。风遗憾地摇着头，我帮不了你，孩子。但是，孩子，你记住，即使你生在郊外，你也不是野花，你是来自天堂的花仙子。

风飞向河边了。即使阳光没有露头，她也觉得很温暖。

哟，瞧瞧呀，那个傻子自己笑什么呢！金黄的尖叫着。笑啥呢，是不是记起自己的祖宗了，浅蓝的问道。她的祖宗不会是刺槐吧，浅紫的淡然地说着。

看看，浅紫的就是知道得多，浅蓝的附和着，真的呢！边说浅蓝的边使劲向远处望，是呀，没错，那里有株刺槐，也许她就是刺槐的一个枝。草，问问你弟兄们，我说得对不。

没问题，草摇头晃脑地说。不一会消息传过来，的确那株刺槐的枝干有被折过的痕迹。

谁呀，这么讨厌，把这个浑身带刺的家伙插在我们这里，我们这些娇嫩的花哪能和这个家伙共处一地，金黄的大声嚷嚷。把她赶出去，浅蓝的马上说。

赶出去，大家起哄嚷嚷着。

我不是刺槐。她终于开口为自己分辩，并且鼓足勇气说，我是花，漂亮的花仙子。

哈哈，草笑得东倒西歪，花们也笑得花枝乱颤。她说她是花，还是花仙子。

金黄的笑得直不起腰。可她是什么花呢！浅蓝的坏笑着问，她会开花吗？

也许是刺槐和哪株花私通的呢！浅紫的不紧不慢地说，那可是名副其实的野花呢！

我不是野花，她努力分辩着，我妈妈很漂亮。她此时忽然后悔，忘记了问风，妈妈是否也有刺，更重要的是自己到底是什么名字。

听听，她不是野花。大家取笑着，生在这里你不是野花，哈哈，我们是野

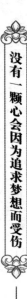

花,行了吧!

那我们就等着看吧!淡紫色的恨恨地说,她现在可最讨厌谁说别的花漂亮,看她到底会不会开花,开了花,花像谁,那就是刺槐和谁暗结的珠胎。

就是嘛,我们生在野外,可我们是纯种的,金黄的骄傲地说。你才是杂交的野花,名副其实,浅蓝的得意地说。

时间就这样在草长花开的日子里流逝着,取笑她是大家每天必需的主题。她选择了沉默,她坚信风的话,自己不是野花。

终于有一天,她吐露了蓓蕾,在风言风语中,那能证明她身份的花苞逐渐长大。

一个雨后的清晨,一朵红艳艳的花绽放在她的枝头。所有的花都惊呆无语了,她的花朵最大,她们羞愧不如,她的一枚花瓣都有她们的一朵花大;她的颜色最鲜艳,红红的花瓣洋溢着绸缎般的光芒,她们自惭不能与之媲美。就连经常光顾她们的蜜蜂今天也一头扎进她的花蕊,任凭她们大喊大呼,蜜蜂头都不抬一下。

哼,什么野花,谁也不像,还这般妖艳,淡紫的愤愤地说。妖花,一定是妖花,金黄的说。肯定是,那么丑的枝也能开花,就是妖花,浅蓝的说。我也没见过这是什么,草喃喃地说。

她的花接受阳光沐浴,她不理会她们。

有一天,有人来这里野餐。忽然一个女孩惊呼道,天哪,这里居然有株玫瑰花!

玫瑰,这个高雅的名字她们似乎听过,她们彼此打量着,但她们更希望自己就是女孩所说的玫瑰花。

结果正如她们所担心的那样,女孩径直走到了那株异类,那株枝干长着刺的异类。

看着同伴惊羡的眼神,淡紫的不以为然地说,那有什么了不起,身份再高贵不也和我们生在一起!就是,浅蓝的嘀咕着。

但之后的事她们是始料不及的。这些人商量着这么漂亮的花生在这里实在可惜，最后决定把她带走，然后找来铲子真的动起手来。她们小心翼翼地把她从土里取出来，研究着是养在花盆里，还是种在花园的花坛里。

还有我呢，金黄的努力地迎着笑脸，把我也带走吧！浅蓝的也忙不迭地说，我也很不错呀！可是她们连头也没回一下，众星捧月般地护送她离开了。

如果你是玫瑰，即使生在野外，你的光泽也永远不会被世俗遮掩，你的位置也永远是无可替代的！如果你是仙子，即使落入凡尘，你也依旧有天使般的光洁。

世界不会因你不同

李良旭

2005 年,哈佛大学毕业的高才生托马斯被谷歌董事会执行主席施密特慧眼识珠,招至麾下,成为一名软件开发高级工程师。能到著名的谷歌公司工作,并能拿高薪,托马斯心里感到十分高兴和骄傲,他也成为许多同学和朋友十分羡慕的人。

一天,施密特领着一个人进了托马斯的写字间。施密特指着那人向托马斯介绍说,这位是新来的担任谷歌公司副总裁并担任谷歌中国公司总裁的李开复先生,您以后就在李开复先生手下工作。

李开复紧紧握着托马斯的手,说道,我早就听施密特先生介绍过您的情况了,感谢施密特先生为我增添了一个十分精明强干的年轻人。

托马斯握着李开复的手,感到这双手非常温暖、有力,似乎有一股力量传递过来。

就这样,托马斯开始成为李开复手下的一名得力干将。托马斯的才干和能力很得李开复的赏识,很快,他的年薪从 70 万美元增加到 100 万美元。手里握着大把的钞票,托马斯更加兴奋,他更加拼命地工作。

可是,他发现,自己虽然很努力、很勤奋,可是,与总裁李开复比起来,还远远不够。李开复在工作上是个真正的拼命三郎,他伏在办公桌上,一趴就是一整天,饿了,啃几块面包就行了。每天一上班,托马斯打开邮件,常常发现李开复给他发的邮件大多是在深夜一两点。托马斯看了,心理不禁暗暗吃惊,这么晚了,他怎么还没有休息?我应该要向他学习,每天工作到凌晨两三点钟,这样才能不辜负总裁对我的期望。

　　李开复对手下的员工常常教诲道，付出总会有回报，我们要比赛谁的睡眠更少，比赛谁能在凌晨及时回复邮件……李开复不仅这样说，他自己更是身体力行，每天伏案工作达十七八个小时，他就像一只不知疲倦的机器，每天都在高速旋转，一刻也得不到休息。托马斯自叹弗如。

　　一天，李开复送给托马斯一本自己的自传《世界因你不同》。透过这本书，他仿佛看到李开复那传奇的经历，他的成功，贯穿于一条主线，那就是不停地奋斗、不停地超越，不停地向着更高的目标迈进。他把这本书紧紧地贴在胸前，他感到一股激情在胸中熊熊燃烧……

　　托马斯谈了个女朋友，女朋友常常晚上约他出来玩，可托马斯总是以各种借口推辞，女朋友感到很疑惑。终于，托马斯同意出来和她喝杯咖啡，女朋友听了心里溢满了甜蜜。温馨的咖啡馆里，女朋友含情脉脉地看着他，可他却显得焦虑不安。刚喝了一口咖啡，他就看了下手表，然后脸色大变，他站起身来，惊慌失措地说道，我马上还要给一个客户回复一份电子邮件，不能陪你了！说完，他急急忙忙地冲出咖啡馆。

　　看着托马斯心急火燎的背影，女朋友眼睛里噙满了委屈的泪水。她拿起手机，给托马斯回复了一条短信：一个不懂生活情调的人，就是一个不会生活的人，我不会找一个只会挣钱的机器人，我需要找一个知我、懂我、惜我，一同享受生活美好的人。再见了，托马斯先生！

　　托马斯看了一眼女朋友的手机短信，根本无暇顾及，马上又在电脑前设计起软件，并回复着一条条客户的邮件。

　　不久，托马斯又结识了一个美丽漂亮的女孩子。女孩子对长相英俊而又拿高薪的托马斯一见倾心。可是，女孩子很快发现，托马斯根本没时间谈恋爱，而且一见面，总是一副心事重重的样子。一次，女孩子刚把托马斯约了出来，托马斯从口袋里掏出一叠钞票，递给她说道，你自己随便找个地方玩玩，我还有几个业务要谈，不能陪你了。说罢，他转身跑到公司大楼里了。

　　看着托马斯匆忙的背影，女孩子将手中的钞票一下子扔了。她哭泣道，你把我当作什么人啦，我需要的是两个人在一起的爱情，不是手里握着一叠钞票的爱情！

就这样，托马斯接触了好几个女孩子都告吹了。不过，托马斯没有时间悲切，那一大堆做不完的工作，已让他焦头烂额、心烦气躁。他一直牢记着李开复的教诲，只要拼命工作，世界就会因你不同。他要像李开复那样，做一名工作狂，用超负荷的付出和努力，得到超人的回报，这才是一种人生、一种生活。

托马斯沉浸在超负荷的工作状态中，他忘记了时间、忘记了阳光、忘记了蓝天和白云。

李开复罹患癌症的消息传来，令他大吃一惊。他没有想到，那个不知疲倦的工作狂，竟然会身染重疾？

他打开邮箱，发现李开复今晨刚给他手下的员工发来的一封邮件。李开复在邮件里说道，生命有限，原来，在癌症面前，人人平等。此时此刻，我更在反思，过去自己以健康为代价去工作的生活方式是否值得？ 个人的力量总是十分渺小，世界永远不会因你而不同。比谁睡眠更少，真的是个可怕的生活方式。